Morris Berg

»Eine Broadway-Katze in San Francisco«

»Donnas zweite Chance«

Inhaltsangabe:

Bibliographische Information der Deutschen Nationalbibliothek: Die Deutsche Nationalbibliothek verzeichnet
diese Publikation in der Deutschen Nationalbibliografie;
detaillierte bibliographische Daten sind im Internet über
https://www. dnb.dnb.de abrufbar.

Satz, Text, Buchrückentext und Korrektur: Morris Berg

© Coverbild: Morris Berg

© Grafik auf Seite 72: Morris Berg

Innenteilgestaltung und Covergestaltung: Morris Berg

Alle Figuren und Handlungen in diesem Buch sind nur
frei erfunden und stellen keinen Bezug zur Realität und
irgendwelchen Personen dar. Die Thematik in diesem
Buch, ist für Altersgruppen unter 16 Jahren nicht
geeignet!

© Neuauflage 2024
Verlag: BoD • Books on Demand GmbH, In de Tarpen 42,
22848 Norderstedt
Druck: Libri Plureos GmbH, Friedensallee 273, 22763 Hamburg
ISBN: 978-3-7597-8530-5

Kapitel 1: Tims erste Wohnung

Bis zu seinem achtunddreißigsten Lebensjahr, lebte Tim noch bei seiner Mutter Amanda in seinem Elternhaus am Stadtrand von Seattle. Als Tim vier Jahre alt war und sein Vater nach einem langen Angelausflug zu schnell über die nasse Autobahn raste, kam er dadurch ins Schleudern und krachte dabei in einen Truck. Das Auto, in dem Tims Vater saß, wurde dadurch bis zur Unkenntlichkeit zusammengepresst. Tims Vater starb noch am Unfallort. Seit diesem Tag wurde Tim zunehmend von seiner Mutter verhätschelt. Jeden Tag brachte Amanda ihren Sohn bis in die Schule und holte ihn nach dem Unterricht wieder dort ab. Die Schule, auf die Tim ging, war nur knapp zwanzig Minuten mit dem Schulbus von seinem Zuhause entfernt und dennoch wollte Amanda ihren Sohn aus Sorge, es könnte ihm was Schlimmes widerfahren, jeden Tag persönlich dort hinbegleiten. Diese Situation hielt sogar bis zur High-School an. Als Tim vierzehn Jahre alt war, wollte er etwas selbstständiger werden und er bat seine Mutter darum, ihn allein zur Schule hin und zurück gehen zu lassen. Auch wenn es für Tims Mutter sehr schwer war, ließ sie ihn dann allein die täglichen Schulwege mit dem Schulbus fahren.

Das Bemuttern von Amanda ging schließlich so weit, dass Tim noch viele Jahre nach seinem Studium als Grafikdesigner bei seiner Mutter wohnte. Insgeheim hatte Amanda immer Angst davor gehabt, dass er irgendwann mal so selbstständig sein würde, dass er von Zuhause wegzieht und dann wäre sie nur noch allein in dem Haus.

Für Tim war es sehr schwierig Mädchen kennenzulernen, denn seine Mutter sagte ihm noch mit über dreißig Jahren, wie er sich kleiden sollte und legte ihm seine Sachen für den nächsten Tag einen

Abend zuvor schon bereit, die er dann tragen sollte. Auch brachte Amanda jeden Mittag Tim sein Mittagessen auf die Arbeit. Wenn er mit seiner Mutter darüber sprach, dass er gern mal eine Partnerin an seiner Seite gehabt hätte und sich auch Kinder wünschte, antwortete sie, er sei noch zu jung und hätte noch Zeit.

Im Januar 2015, als Tim mit achtunddreißig Jahren schon seit über vierzehn Jahren bei seiner Firma arbeitete, bat ihn sein Chef eines Tages unverhofft ins Büro zu kommen. Tims Chef teilte ihm in dem Gespräch mit, dass er nach San Francisco versetzt werden sollte. Durch die Versetzung nach San Francisco, bot sich nun für Tim die Chance, in der Firma in einer höheren Position zu arbeiten und dadurch vierzig Prozent mehr Gehalt zu bekommen. Die Versetzung dorthin sollte aber bereits in zwei Monaten, also im März 2015 erfolgen. Tim fand, dass dies eine ideale Gelegenheit wäre, um ein eigenständiges Leben führen zu können. Die Frage, die er sich jetzt stellte, war, wie würde seine Mutter auf diese für ihn gute Nachricht reagieren.

Als Tim an dem Tag spätnachmittags nach Hause kam, ging er wie gewohnt in die Küche zu seiner Mutter, die schon das Essen für ihn vorbereitet hatte. »Musstest du heute wieder Überstunden machen? Ach diese Sklaventreiber. Dein Vater musste auch immer täglich Überstunden machen und hat nie einen Cent mehr dafür bekommen und wofür?«, sagte Tims Mutter als sie den Tisch deckte. Für Tim hatte sie wieder einen Apfelkuchen gebacken. Als er eine Weile lang an dem Tisch mit seiner Mutter saß, dachte Tim noch mal kurz darüber nach, wie er seiner Mutter diese Nachricht am besten vermitteln konnte. Er fand dann doch, dass es das Beste wäre, ihr sofort alles zu sagen, auch wenn es nicht einfach ist. Um ihr die Nachricht schonender beizubringen, dachte sich Tim, dass es ganz gut wäre, mit der guten Nachricht anzufangen, bevor er ihr von dem Umzug nach San Francisco erzählen würde. »Mom, wir müssen mal über etwas reden. Mein Chef hat mir heute eine höhere Position angeboten und da bekomme ich fast doppelt soviel Geld wie jetzt.«, sagte Tim erst mal zu ihr. »Na das wurde auch höchste Zeit, du arbeitest schon seit über vierzehn Jahren dort und hast in all den Jahren nicht eine Gehaltserhöhung bekommen.«, erwiderte Amanda. »Ja Mom, ich weiß, aber es geht dabei um mehr. Ich soll ab März diesen Jahres in einem neuen Büro in San Francisco arbeiten.«, erzählte er weiter. »Du hast doch nicht etwa zugesagt?«, fragte sie ganz erschrocken. »Ehrlich gesagt, ja. Das wäre eine gute Chance zu beweisen, dass ich eigenverantwortlicher leben kann.«, sprach Tim zu ihr. »Na ja, was soll ich dazu sagen, wenn du meinst, dass du gehen musst, dann kann ich da ja nichts mehr machen.«, antwortete sie aufgeregt. »Mom, jetzt sei doch nicht böse, aber wie stellst du dir denn das alles in Zukunft vor, dass ich für immer bei dir wohne und niemals auf eigenen Beinen stehe. Irgendwann will ich auch mal mein eigenes Leben, mit Frau und Kindern führen, und du willst doch bestimmt auch irgendwann mal Enkel, oder nicht?«, sagte Tim zu ihr. »Vielleicht hast du recht. Seitdem dein Vater vor vierunddreißig Jahren gestorben ist, fühle ich mich von Jahr zu Jahr einsamer und ich habe dich dann doch zu sehr bemuttert.«, sagte sie zu ihm. »Mom, du weißt doch, dass ich dich jedes Wochenende besuchen komme und wir immer miteinander telefonieren werden.«, schlug Tim ihr vor. »Ich hoffe nur du kommst gut klar, in so einer fremden Stadt?«, fragte sie. »Das werde ich schon. Mach dir mal keine Sorgen Mom.«, erwiderte er zu ihr. Noch mit einem etwas unguten Gefühl, wegen Tims neuen Zukunftsplänen, saßen beide nur noch ruhig am Tisch, hingen jeweils ihren Gedanken nach und aßen den Kuchen.

Die Tage vergingen und der Frühling taute die vereiste und nasse Stadt Seattle langsam auf. Tim hatte inzwischen schon ein neues Zuhause in San Francisco gefunden und war voller Vorfreude in die Wohnung nahe der Innenstadt ziehen zu können. So sehr Tim sich auf sein neues Zuhause freute, um so mehr Ängste bekam nun Amanda zum einen vor der kommenden Einsamkeit, die sie dann umgeben würde und zum anderen sorgte sie sich um ihren Sohn, der dann ganz allein in einer fremden Stadt wohnen würde. Um seiner Mutter die Ängste etwas zu nehmen, beschloss Tim, dass Amanda die ersten zwei Wochen nach seinem Umzug nach San Francisco bei ihm bleiben könnte. Tim hatte sich für die ersten zwei Wochen, in denen er nach San Francisco zog, bei seinem ehemaligen Chef frei nehmen können, um seinen Umzug und die damit verbundenen organisatorischen Angelegenheiten durchführen zu können.

Den Abend bevor Tim nach San Francisco zog, packte er gemeinsam mit seiner Mutter alles in Kisten ein, was er in seiner neuen Wohnung dringend brauchen könnte. Dabei fanden Tim und seine Mutter noch einige Erinnerungsstücke und Spielzeuge aus seiner Kindheit. »Mm, was machen wir jetzt eigentlich mit dem ganzen Kram? Ich meine, ein paar Erinnerungsstücke, wie mein Baseballpokal und meine Jahrbücher möchte ich schon gern mitnehmen, aber für alle meine alten Spielzeuge habe ich jetzt keine Verwendung mehr.«, sprach er zu seiner Mutter, während sie beide das Zimmer ausräumten. »Am besten räume ich sie erstmal in Kisten ein und verstaue sie im Speicher.«, schlug Tims Mutter vor. »Und wenn du den ganzen Kram einem

Waisenhaus spendest?«, fragte er dann seine Mutter. »Ich dachte mir eigentlich, dass ich deine alten Spielsachen so lange aufbewahre, bis du selbst Kinder hast.«, erwiderte Amanda. »Na ja, ich bin schon achtunddreißig Jahre alt und habe immer noch nicht die Richtige gefunden. Ehrlich gesagt, glaube ich auch nicht mehr so richtig daran. Was ist wenn ich nie die Richtige finde? Es bringt doch keinem etwas, wenn die Sachen auf dem Speicher Staub ansetzen, wenn es Kinder gibt, die sie dringend benötigen.«, sagte Tim. »Ich kann sie ja erst mal noch ein paar Monate auf dem Speicher aufbewahren und wenn du dann immer noch der Meinung bist, dass es sich bei dir mit Kindern nicht ergeben wird, dann spende ich sie einem Waisenhaus.«, schlug Amanda vor. Beide räumten alles bis spät abends ein, was er in seiner neuen Wohnung von den Sachen noch gebrauchen konnte. Weil Tim seine Mutter jedes Wochenende besuchen wollte, ließen sie noch einige Möbel und Gegenstände in dem Raum.

Am nächsten Tag machte sich Tim mit seiner Mutter schon früh am Morgen auf dem Weg nach San Francisco. Die wenigen Sachen, welche er mit in seine neue Wohnung nahm, passten alle in den kleinen Anhänger des Pkws. Wenige Stunden später, auf der Fahrt nach San Francisco, holte Amanda ihre Nudelsuppe hervor, die sie vor der Fahrt selbst gekocht hatte. »Ich habe uns für die lange Fahrt etwas Suppe gemacht. Möchtest du eine Tasse?«, fragte sie Tim. »Ja, warum nicht?«, sagte er kurz. Dann füllte Amanda eine Tasse mit ihrer Suppe und gab sie Tim. »Danke Mom. Hast du dich denn schon etwas an den Gedanken gewöhnt, dass ich jetzt wo anders leben werde?«, fragte er sie. »Mir bleibt da ja wohl keine andere Wahl. Die erste Zeit wird es für mich schon etwas schwierig werden, in dem Haus allein wohnen zu müssen, aber ich weiß auch, dass ich mich irgendwann daran gewöhnen werde. Ich hoffe nur, dass du dich nicht so einsam fühlen wirst, in so einer fremden und großen Stadt.«, sagte Amanda. »Wenn ich ehrlich bin, fühlte ich mich schon seit Jahren allein. Du weißt, dass ich nicht viele Freunde oder jemals eine feste Freundin hatte. Am Wochenenden war ich meistens immer allein und dann habe ich mich, um mich von meiner Einsamkeit abzulenken, in meine Arbeit vertieft.«, erzählte Tim. »Ich wusste gar nicht, dass du dich so einsam gefühlt hast? Ich dachte immer, dass du einfach nur deine Karriere eifrig vorantreiben willst, um viel Geld zu verdienen.«, sagte Amanda daraufhin zu ihm. »Ja, natürlich macht mir mein Job riesigen Spaß, aber nur weil ich gern arbeite, heißt das ja nicht, dass ich meine Freizeit nicht auch gern mal mit einer Frau verbringen würde.«, sagte Tim. »Und warum erfahre ich das erst jetzt, dass du dich so einsam fühlst?«, fragte Amanda enttäuscht. »Zum einen wollte ich dich nicht unnötig mit meinen Problemen belasten und zum anderen geht es dir ja seit Dads Tod selbst nicht gut.«, erwiderte Tim. »Auch wenn es nach dem Tod deines Vaters schwer für mich war, eine Mutter sollte über die Probleme ihres Sohnes Bescheid wissen! Aber gut, dann erzähle mir jetzt wenigstens, ob es denn da nicht ein Mädchen in all den Jahren gab, die dir gefallen hatte.«, fragte Amanda ihn enttäuscht. Einen Moment lang verharrten beide in Stille, bis er ihr schließlich von seiner großen Liebe erzählte. »Weißt du Mom, es gab da damals auf der High-School tatsächlich ein Mädchen, das mir richtig gut gefallen hatte. Es war im letzten Jahr auf der High-School und ich hatte den Schulbus verpasst. Als ich in der Schule ankam, rannte ich wie ein Irrsinniger durch die Gänge des Gebäudes, als ich dabei mit einem anderen Mädchen zusammenstieß. Unsere Bücher flogen dabei kreuz und quer durch den langen Gang. Jetzt nahm ich an, dass sie auf mich wütend wird und mich aus Wut beleidigen würde. In dem Moment sagte ich gleich zu ihr, damit sie nicht böse auf mich wird: »Tut mir sehr leid, aber ich habe den Schulbus verpasst.«. Anstatt wütend zu werden, sah sie mich an, lächelte und sagte: »Ja, ich auch, komisch nicht wahr?«. In dem Moment, sah ich in ihre wunderschönen blauen Augen. Ihr Gesicht und Aussehen waren engelsgleich. Ich fragte sie erschrocken, wie sie heißt. Sie sagte: »Ich heiße Amy, aber ich muss jetzt schnell in den Klassenraum, wir sehen uns vielleicht später noch mal.««, erzählte Tim seiner Mutter. »Und, was ist dann geschehen, hast du sie noch mal getroffen?«, fragte sie schon ganz aufgeregt. In diesem Moment, schwieg Tim eine Zeit lang und dachte nach, bis er weitererzählen konnte. »Das war so.

Amy war mit ihren blauen Augen, ihren hellblonden Haaren und ihrer traumhaften Figur, nicht nur eine der schönsten Cheerleaderinnen, sondern auch noch bei der Mehrzahl der Jungs sehr beliebt. Sie wurde wirklich ständig von den schönsten und vor allem den wohlhabendsten Jungs umworben. Da hätte ich doch sowieso nie eine Chance gehabt.«, erzählte Tim. »Also hast du es nie versucht, mit ihr noch mal zu reden, weil du glaubtest, dass du nicht wohlhabend und schön genug für sie sein könntest.«, fragte Amanda. »Na ja, mein Aussehen ist zwar nicht schlecht, ich meine, ich habe eine durchschnittliche Körpergröße und dunkle Haare, aber für sie, glaube ich, hätte es nicht gereicht.«, erzählte er. »Hast du auch deswegen immer so viel gearbeitet, weil du Angst davor hattest, dass dich die Frauen mit wenig Geld nicht ansprechend finden?«, fragte sie Tim. »Kann sein.«, erwiderte Tim nur. Beide fuhren nur noch nachdenklich und wortlos weiter, bis er vorschlug in einem kleinen Hotel eine Übernachtungspause von der Fahrt zu machen.

Am nächsten Morgen fuhr Tim mit seiner Mutter wieder sehr zeitig weiter in Richtung San Francisco, als Amanda noch mal mit Tim über sein gestriges Gespräch reden wollte. »Also Tim, ich bin ehrlich gesagt etwas wütend, weil du seit Jahren ein Problem hattest und es mir nicht gesagt hast.«, sprach Tims Mutter. »Ach Mom, es hätte doch sowieso nichts geändert. Ich hätte nie den Mut gefunden sie anzusprechen. Da hätte nicht mal Gott was machen können.«, sagte Tim. »Tim, ich bin deine Mutter und wenn du irgendein Problem hast, dann will ich das auch wissen. Ich wünsche mir nur eins, dass du mir in Zukunft alles sagst, egal ob ich was ändern kann oder nicht! Ich will dass du mir jetzt versprichst, dass du mit mir in Zukunft über alles redest und mir nichts mehr verheimlichst.«, schlug Tims Mutter vor. »Du hast recht! Ich hätte mal mit jemandem reden sollen, vielleicht ginge es mir dann tatsächlich besser. Okay, ich werde künftig mit dir über alles reden, wenn mich etwas belasten sollte.«, sagte er zu seiner Mutter.

Nach einer langen Fahrt, kam Tim mit seiner Mutter in San Francisco an. Sie fuhren noch etwas durch die hüglige Stadt, bis sie schließlich an dem Mehrfamilienhaus ankamen, in dem Tim seine Wohnung angemietet hatte. Er hatte Glück gehabt, eine so schöne Wohnung im vierten Stock des Gebäudes bekommen zu haben. Es war ein schönes Zwei-Zimmer-Appartement mit Aussicht auf die Golden-Gate-Bridge. Zuerst packte Tim mit seiner Mutter alle seine Sachen aus dem Wagen in das Appartement. Seine Mutter besorgte noch ein paar Grünpflanzen und sie versuchte die Fenster so schön wie möglich zu dekorieren. Auch Tim wollte sein gestalterisches Können an einer der großen Wände im Wohnzimmer unter Beweis stellen. Dabei zeichnete er die neue New Yorker Skyline auf die Wand. Für die Kästchen der Fenster von den Großstadtgiganten New Yorks, verwendete Tim eine Farbe die im dunkeln leuchtete. Am Ende der ersten zwei Wochen in Tims neuer Wohnung, war er richtig glücklich darüber, die Wohnung zusammen mit seiner Mutter so schön gestaltet zu haben.

Am letzten Tag begleitete Tim seine Mutter bis zum Flughafen. Weil sie noch etwas Zeit hatte, bis der Flug nach Seattle ging, nutze Tims Mutter die Zeit um noch mal mit ihrem Sohn zu reden. Beide setzten sich dann in das Flughafenrestaurant und tranken einen Kaffee. »Hoffentlich fühlst du dich jetzt nicht so allein, in deiner neuen großen Wohnung.«, sagte Tims Mutter. »Ach, über die Wochentage wird es schon gehen und am Wochenende komme ich dich doch immer besuchen.«, sagte er. »Na ja, und wenn du dir wenigstens ein Haustier anschaffst, wäre das nichts für dich, gegen die Einsamkeit und gegen die neue fremde Welt, in der du jetzt leben musst.«, schlug Tims Mutter vor. »Na gut, ein Hund wäre etwas das mich interessieren könnte, aber du musst auch bedenken, dass es nicht so gut ist, ihn jedes Wochenende aufs Neue mit zum Flughafen zu schleppen, wenn ich dich besuchen komme.«, erwiderte Tim. »Ja, vielleicht hast du recht! Am besten lebst du dich erst mal richtig in deine neue Umgebung ein und dann kannst du dich ja immer noch entscheiden.«, schlug seine Mutter vor. Danach umarmten sich beide fest und Tims Mutter ging zu dem Flugzeug, dass sie wieder nach Hause nach Seattle brachte. Als Tim wieder bei

sich zu Hause ankam, durchzog ihm
immer noch eine etwas ungewohnte
Leere.

20

Kapitel 2: Donna die Katze

In den nächsten Wochen gewöhnte sich Tim mehr und mehr an sein neues Zuhause. In seinem neuen Job in San Francisco, hatte er jetzt eine weitaus höhere Position übernommen, denn Tim leitete nun die neue Grafikabteilung. Im Gegensatz zu seinem stressigen Posten in Seattle, konnte er sich in seinem neuen Büro in San Francisco mit einem anderen Arbeitskollegen aus der Abteilung anfreunden.

Tims neuer Freund hieß Bobby und er arbeitete bereits seit über zehn Jahren in diesem Büro. Bobby war insgesamt zwei Jahre älter als Tim und bereits acht Jahre verheiratet. Bobby hatte auch schon einen sechs Jahre alten Sohn. Bei Bobby ist aber mit der Zeit die Beziehung zu seiner Ehefrau eingeschlafen. Vor seiner Hochzeit hatte Bobby sich noch ausreichend sportlich betätigt, zumal er in der High-School auch professionell Football spielte. Aber leider zog nach der Hochzeit mit seiner Frau, bei Bobby der normale Arbeitsalltag ein. Sportlich hatte sich Bobby schon seit vielen Jahren nicht mehr betätigt und durch die zusätzliche ungesunde Ernährung, nahm er mit den Jahren sehr zu. Auch wenn Bobbys Aussprache etwas rauer und vulgärer war, als die von Tim, freundeten sie sich dennoch an und verbrachten ab und zu die Abende miteinander.

Obwohl der Anfang in San Francisco für Tim sehr gut war, war er dennoch nicht glücklich. Manche Abende lag er lange Zeit in seinem Bett wach und dachte an Amy seine große Jugendliebe. Zeitweise machte er sich so große Vorwürfe, weil er nicht einen Versuch gewagt hatte, mit ihr noch mal zu reden. Seine Sehnsucht war zeitweise so groß, dass er sich wünschte die Zeit zurückdrehen zu können, um einen Versuch zu wagen, mit Amy ein Gespräch anzufangen.

Als Tim an einem Donnerstag etwas früher frei hatte, lief er noch eine Weile lang durch die Gegend und genoss dabei das schöne Wetter an diesem warmen und sonnigen Maitag. Normalerweise wäre heute mit Bobby Männerabend gewesen, der ist aber unvermittelt erkrankt, so dass Tim ein wenig die Langeweile plagte. Auf dem Weg nach Hause fingen Tims Gedanken erneut an zu kreisen und er dachte dabei wieder an seine ehemalige Jugendliebe Amy. Nachdem er zu Hause ankam und die Treppen bis in den vierten Stock hinauf lief, hörte er wie die Tür der Nachbarwohnung aufging und eine alte Frau aus der Wohnung kam. »Guten Tag. Du bist hier wohl neu eingezogen?«, fragte sie Tim ganz freundlich. »Ja, ich heiße Tim und bin im März hier eingezogen, weil ich in San Francisco einen hören Posten leiten kann, für den man mir mehr Gehalt angeboten hatte. Und Sie wohnen hier neben mir, richtig?«, fragte Tim. »Ich bin Mrs Fisher und ich wohne schon über zwanzig Jahre hier. Sag mal, magst du Tiere? Meine Katze hat vor ein paar Tagen Junge bekommen und ich hätte noch ein Kätzchen zu vergeben. Ich will auch nichts dafür haben, außer das Versprechen, dass sie in deinen Händen gut aufgehoben ist.«, fragte Mrs Fisher Tim. »Wenn ich ehrlich bin, fühle ich mich schon etwas einsam in meiner neuen großen Wohnung.«, sagte Tim. »Na dann komm kurz mit rein und ich übergebe sie dir.«, schlug Mrs Fisher vor. Tim lief hinter Mrs Fisher in der Wohnung her. »Setz dich doch und ich gehe sie schnell holen!«, sagte Mrs Fisher und ging in die Küche um den Korb zu holen in dem sich das kleine weiße Kätzchen befand. »Na, was meinst du?«, fragte Mrs Fisher. »Wenn Sie wirklich keinen Platz mehr für sie haben, warum nicht?«, sprach Tim zu ihr und nahm den Korb an. »Ach weißt du, ich bin schon zu alt, um mich um so viele Katzen zu kümmern, deswegen würde ich mich freuen, wenn du dich um eine kümmern könntest.«, schlug Mrs Fisher vor. »Das Kätzchen ist wirklich süß. Ich verspreche es Ihnen, dass ich mich gut um sie kümmern werde.«, sagte Tim zu Mrs Fisher, bevor er mit dem Kätzchen wieder zurück in seine Wohnung ging.

In seiner Wohnung angekommen ließ Tim das Kätzchen erst mal aus dem

Korb. »Du bist aber ein süßes Kätzchen. Mm, aber wie soll ich dich nur nennen? Weißt du, dass du unter den Katzen genauso schön und ausgefallen bist, wie es meine Jugendliebe Amy damals unter den Frauen meiner ehemaligen High-School war und deswegen nenne ich dich einfach Amy.«, sagte Tim zu dem Kätzchen.

Schließlich merkte Tim, dass er mit der Situation überfordert war und nicht wusste, wie man mit einer Katze umgehen sollte und vor allem, was man für so ein Tier alles benötigt. Es stellte sich auch für Tim die Frage, wie oft er sie am Tag füttern sollte und ob er sie für einen längeren Zeitraum in der Wohnung alleine lassen könne. Denn Tim war an manchen Tagen bis zu zwölf Stunden arbeiten. Selbst an Feiertagen, war Tim in seinem Büro, um Grafiken fertig zu stellen und um sich auf Präsentationen vorzubereiten.

Während seine Gedanken kreisten, fiel ihm aber die rettende Lösung ein. Eine Nachbarin von seiner Mutter hatte sich um mehrere Katzen gekümmert und arbeitete ehrenamtlich in einem

Tierheim in Seattle. Gleich rief er sie an, um sich beraten lassen zu können. Im Telefonat empfahl sie ihm, dass die Katze zu ihm Vertrauen aufbauen müsse. Das gelinge am besten, in dem Tim seine Hand an die Nase der Katze halten würde. Das wollte er gleich ausprobieren. Als Tim die Hand ausstreckte, schnupperte sie kurz und rieb ihr Köpfchen an seiner Hand. Das war schon mal ein gutes Zeichen, dass sie Vertrauen zu ihm hatte. Denn wenn nicht, wäre sie geflohen. Als das gelang, ging Tim wieder ans Telefon zurück und die Nachbarin seiner Mutter aus Seattle gab ihm noch eine Liste von Dingen, die er benötigte. Sie legte Tim nahe, dass er die Katze zweimal am Tag füttern solle. Mit einem etwas besseren Gefühl konnte Tim den Abend ausklingen lassen und ging so langsam schlafen. Um am nächsten Tag schon etwas zeitiger aufstehen zu können, stellte er sein Wecker auf 05:00 Uhr morgens, damit er vor der Arbeit noch Futter, ein Katzenklo und ein Kratzbaum für sein neues Haustier besorgen konnte. Hätte Tim geahnt was am nächsten Tag auf ihn zukommen würde, hätte er sich das Telefonat und die Vorbereitungen mit dem Umgang auf eine gewöhnliche Hauskatze sparen können.

Nachdem Tim am nächsten Morgen erwachte, sah er zu seinem Kätzchen rüber, die ihm ungewöhnlich lange anstarrte. »Und hat dir deine erste Nacht in deinem neuen Zuhause gefallen?«, fragte Tim das Kätzchen und streichelte es dabei.

»Also zum einen heiße ich nicht Amy sondern Donna und zum anderen habe ich sehr starke Rückenschmerzen bekommen, weil ich die ganze Zeit auf dem harten Boden schlafen musste. Wann besorgst du mir denn endlich ein weiches Katzenkörbchen?«, fragte Donna Tim. Daraufhin fing er an ganz erschrocken aufzuspringen. »Was du kannst reden. Das gibt's doch nicht.«, schrie Tim laut los. Langsam lief Donna auf Tim zu, um ihm alles erklären zu können. »Bleib mir bloß vom Leib!«, sagte Tim zu ihr. »Okay, wie du willst, dann gehe ich eben weg.«, sagte Donna und wich Tim aus. Tim lief ganz erschrocken durch seine Wohnung und murmelte dabei: »Das gibt's doch nicht. Das ist bestimmt nur ein schlechter

Traum.« Tim zwickte sich ein paar Mal in die Arme, bis er letztendlich begriff, dass dies kein Traum war. Es dauerte noch eine Weile, bis er schließlich doch den Mut fand, sich dieser Situation zu stellen. Donna kam aus dem Schlafzimmer und sagte: »Wenn du dich jetzt allmählich beruhigt hast, dann kann ich dir ja alles erklären und du wirst verstehen, was es mit alle dem zu tun hat.«

Daraufhin setzte sich Donna auf die Couch und Tim setzte sich schließlich auf den Sessel gegenüber von Donna. »Okay, fang an!«, sagte Tim noch etwas erstaunt zu ihr. »Also zuerst möchte ich dir sagen, dass mir diese Situation vielleicht noch unangenehmer ist, wie dir. Ich weiß nur noch nicht womit ich beginne. Am besten fange ich an über mein altes Leben zu sprechen und danach, wie ich bei dir gelandet bin«, schlug Donna vor und begann damit ihm alles zu erzählen.

»In meinem alten Leben bin ich 1994 in New York City geboren. Meine Eltern waren sehr reich. Mein Vater war ein Abgeordneter und meine Mutter arbeitete für eines der größten Modemagazine. Zeit hatten sie für mich nur wenig. Also kümmerte sich die meiste Zeit meine Grandma um mich. In meiner Schulzeit bis zum Studium, wurde ich in teure Privatschulen untergebracht. Zu Kindern aus anderen Gesellschaftsschichten hatte ich nie Kontakt. Armut kannte ich nur aus dem Fernsehen. Mit zehn Jahren wollte ich unbedingt ein Haustier haben. Ich habe mir so sehr einen Hund gewünscht, aber meine Eltern hatten mir nur so eine komische schneeweiße Katze geschenkt. Was sollte ich mit eine Katze. Die sind langweilig und man kann ihnen nichts beibringen. Wenn auch meine Eltern mir jeden Wunsch erfüllten, aber bei dem Hund blieben sie stahlhart. Als wir einmal für mehrere Wochen Ferien in Paris machten, musste meine Grandma unverhofft für eine Woche ins Krankenhaus. Weil ich überhaupt kein Interesse an dieser Katze hatte, habe ich sie nicht vor der Abfahrt noch mal gefüttert. Ich dachte mir, dass sich meine Grandma um sie kümmern würde. Jedenfalls hatten wir sie total vergessen. Als wir wieder zurückkamen, war sie tot.

Mit sechzehn lernte ich meine erste große Liebe kennen. Wir haben uns damals in einem Café kennengelernt. Jack war sein Name und er war bereits zwei Jahre älter als ich. Im Gegensatz zu mir, wurde er nicht mit einem goldenen Löffel im Mund geboren und er arbeitete nach dem er die High-School abgeschlossen hatte, in drei Jobs, weil seinen Eltern für sein Studium das Geld fehlte. Etwas zusammen unternommen haben wir aber meistens nur, wenn wir allein waren und ohne unsere Eltern. Meine Eltern waren zwar nicht dagegen, dass ich mit Jack eine Beziehung hatte, aber so richtig zufrieden waren sie auch nicht. Zumal ich auch was seinen sozialen Status anging, vor meinen Eltern meisten etwas übertrieb, in dem ich behauptete, dass er etwas mehr vermögend sei, als er es in Wirklichkeit war. Die meiste Zeit waren meine Eltern sowieso nicht da und es bot sich für uns die Chance die Nachmittage bei mir zu verbringen. Schwierig war es für uns, wenn wir mal zusammen ausgehen wollten. Manhattan war sehr teuer für ihn, weshalb wir auch nur einmal in der Woche etwas machen konnten. Um diese Situation für ihn zu ändern, hatte ich eine Idee. Denn wenn ich reich sein konnte, dann kann er das auch, dachte ich mir damals. Nun haben wir über ein Jahr lang Geld gespart. Fünftausend Dollar hatte Jack zusammenbekommen und ich gab ihm fünftausend Dollar dazu. Mit zehntausend Dollar, wollten wir nun an der Börse spekulieren. Wenn ich meinen Vater mal sah, versuchte ich von ihm herauszubekommen mit welcher Aktie man am gewinnbringendsten spekulieren kann. Vielleicht hatte er mich wie meistens nicht ernst genommen. Am Ende habe ich und Jack in eine Aktie investiert, deren Kurs steil Berg ab ging und somit haben wir alles verloren. Was auch das Ende der Beziehung war. Anfangs war es noch schwierig für mich die Wochenenden allein verbringen zu müssen. Aber ich glaube, es hätte uns beiden nichts gebracht, wenn ich ständig versucht hätte, etwas aus ihm zu machen, was er nicht war.

Während ich in New York angefangen habe Kunst zu studieren, waren mir meine Mitmenschen ziemlich egal. Mit einundzwanzig kaufte mir mein Vater meine erste eigene Wohnung in

Manhattan. Von da an, gab es für mich nur wildes Partyleben und Shopping. Weil ich aber auch etwas Geld nebenbei verdienen wollte, habe ich gemodelt und in New York als Schauspielerin gearbeitet. Ach, ich liebte den Broadway. Nun gut, vor über einer Woche bin ich schließlich wie gewohnt durch die Straßen von New York gelaufen, als mich dann unverhofft so ein Idiot mit seinem Truck überfahren hatte, weil er nebenbei noch auf sein Handy starrte und einen Burger aß. Kannst du dir so was vorstellen?«, erzählte Donna Tim.

Er hörte sich schließlich die Geschichte von ihr an, lehnte sich zurück und fragte rhetorisch: »Ach, war das tatsächlich so?« Weil er bereits merkte, dass Donna bei ihrer Story etwas übertrieb. »Okay, okay, ich habe nur mal kurz nach meinen E-Mails gesehen und schon war ich platter als eine Briefmarke.«, erzählte Donna. »Aber das hatte doch auch was Gutes, danach warst du bestimmt richtig dünn.«, sagte Tim und lachte. Donna saß da, sah ihn wütend an und verschränkte ihre Arme. »Okay, der war wohl nicht so gut, aber erwarte bloß kein Mitleid von mir. Normalerweise bin ich auch sehr verständnisvoll, doch bei deinem Verhalten, kann man schon etwas wütend werden«, sagte Tim. »Wenn du damit fertig bist, dich über mich zu amüsieren und dich über meinem ehemaligen Lebensstil zu ärgern, würde ich gern weitererzählen.«, sagte Donna. »Okay, okay, erzähle weiter!«, sagte er. »Schön, also ich war nun tot und anfangs schien alles leichter zu sein, das befreiende Gefühl, der Himmel, einfach alles, bis ich das Gespräch mit Gott hatte. Wusstest du, dass Gott jeden kleinen Fehler den du in deinem Leben gemacht hast, in einer riesigen Akte notiert. Na ja, wie dem auch sei, Gott meinte, ich war in meinem Leben immer sehr egoistisch gewesen und habe nicht das Geringste für andere getan. Wie auch immer. Gott sagte mir dann, dass ich nur in den Himmel komme, wenn ich auch mal was Gutes für andere mache. Er hat mir den Ausschnitt aus deinem Leben gezeigt, wo du deiner Mutter im Auto von deiner Jugendliebe Amy erzähltest und jetzt soll ich dir bei deinem Problem helfen.«, sagte Donna.

»Ja, aber wie kannst du mir denn dabei helfen, du bist nur´ne Katze?«, sagte Tim zu ihr. »Na ja, ich kann´s versuchen, ich bin´ne Frau oder besser gesagt, ich war eine Frau.«, sagte Donna. »Na gut, warum nicht, ich glaube du hast eine Chance verdient, aber wie erkläre ich das meinen Freunden oder meiner Mutter, wenn du auf einmal anfängst zu reden?«, fragte Tim Donna. »Mach dir darüber mal keine Sorgen, die anderen können mich nicht hören, nur du kannst mich verstehen. Aber natürlich darf ich auch nicht vergessen meine menschlichen Verhaltensweisen, wenn jemand anderes bei dir ist, abzulegen und mich wie eine Katze zu benehmen.«, sagte sie. »Ja, aber wie soll ich jetzt mit dir umgehen? Soll ich dich wie eine Katze oder wie ein Mensch behandeln?«, fragte Tim ratlos. »Meine Seele wurde in den Körper einer neu geborenen Katze eingesetzt und vermenschlicht. Mag sein, dass die Vermenschlichung sich eine Weile hinzog und der Katzenkörper schon einen geringen Zeitraum zuvor existierte. Beim Essen werde ich wohl überwiegend auf für Katzen geeignete Nahrung zugreifen müssen, auch wenn mir das nicht immer schmeckt, um meinen Körper keinen Schaden zu zufügen. Ein Kratzbaum wäre auch gut, um meiner Krallen wegen. Alles andere was ich mit meinem Katzenkörper wie ein Mensch machen kann, werde ich auch wie ein Mensch tun. Deshalb benötige ich einen Kindertoilettensitz, um das WC benutzen zu können. Du glaubst doch nicht, dass ich mein Geschäft in einer Schale verrichte. Weil ich aber nur diese blöden Pfoten habe, kann ich damit nicht richtig zugreifen, aber um zum Beispiel den Hebel der Toilettenspülung und den großen Knopf auf der Kaffeemaschine bedienen zu können, reichen sie. Ich habe auch schon mal gesehen, wie Katzen Türen öffnen. Ich denke, dass ist mit meinem menschlichen Verstand ein Kinderspiel. Das einzige was mich sehr ärgert, ist, dass ich mit diesen saublöden Katzenpfoten nicht richtig greifen kann. Es wird schwierig sein, ein Tablet mit einem Stift zu bedienen oder irgendein Telefon.«, erklärte sie Tim. »Aber Donna, mal ganz ehrlich, wem willst du schreiben. Du wurdest schon beerdigt.«, erwiderte er ihr. »Ja, du hast Recht, aber ich dachte, ich könnte mir gegen die Langeweile einen Social Media Account anlegen. Es weiß doch niemand, dass ich nur eine Katze bin.«, antwortet Donna Tim. »Mm, da müsste ich mal sehen, ob man das Tablet mit einer größeren Tastatur verbinden kann. Aber versprechen kann ich dir nichts.«, sagte Tim. Außerdem möchte ich zwei Mal täglich geduscht werden.«, schlug Donna vor. »Das wiederum sollte kein Problem sein. Na hoffentlich geht nichts schief.«, sagte er dann noch.

Einen Tag später besorgte Tim für Donna erst mal einen kleinen Kratzbaum mit ausreichender Polsterung, damit Donna es auch nachts dort bequem hatte. Am späten Abend, wollte Tim seiner Nachbarin Mrs Fisher den Korb zurückbringen und sich noch mal für das Kätzchen bedanken, welches sie ihm schenkte. Als Tim daraufhin an die Wohnungstür von Mrs Fisher klopfte, ging diese einen Spalt weit auf. Er öffnete die Tür weit und sagte: »Hallo Mrs Fisher, hier ist Tim Ihr Nachbar. Ich wollte mich bei Ihnen für das Kätzchen bedanken.«, sagte er, als er bemerkte, dass die Wohnung leer war. Tim lief wieder zurück in den Hausflur, als ihm ein Nachbar der eine Etage höher wohnte, entgegen kam. »Hallo, wissen Sie vielleicht wo Mrs Fisher jetzt ist?«, fragte Tim den Nachbar. »Hä, Mrs Fisher ist schon seit über zwei Monaten tot.«, sagte der Nachbar ganz erstaunt. »Ja, und wer wohnt jetzt hier neben mir?«, fragte Tim erschrocken den Nachbar. »Niemand, die Wohnung steht seit dem Tod von Mrs Fisher leer.«, sagte der Nachbar, schaute verwundert und ging die Treppen hinab.

Schließlich ging Tim mit einem unguten Gefühl wieder zurück in seine Wohnung. »Wusstest du, dass Mrs Fisher schon seit über zwei Monaten tot ist?«, sagte er zu Donna. »Mm, ich erinnere mich nur noch daran, dass ich vorgestern Abend auf einmal in dem Körbchen in deiner Wohnung erwachte, aber mehr weiß ich nicht.«, erzählte Donna. »Das scheint alles vorbestimmt gewesen zu sein.«, sagte Tim und fand sich langsam mit dieser Situation ab.

Die Tage vergingen und für Tim zog wieder der normale Alltag ein. Er hatte zwar ein sprechendes Haustier, aber diese Situation sah er eher wie etwas magisch positives und nicht was ihm

Angst machen sollte, zumal Tim gern Donna die Chance geben wollte, sich vor Gott zu beweisen, dass sie auch uneigennützig und hilfsbereit sein konnte.

Eine Woche später war es wieder so weit, Tim und Bobby machten jeden Donnerstag Abend nach der Arbeit einen Herrenabend, wo beide entweder bei Tim lange Football sahen und reichlich Bier tranken oder bei gutem Wetter in eine Bar gingen. Das Wetter war schlecht und schlecht war auch Tim, denn das bedeutete, dass der Herrenabend heute bei ihm Zuhause stattfand. Tim hatte große Angst davor, wie wohl Donna auf Bobby reagieren würde. Sie war zwar auf der einen Seite nur eine einfache schneeweiße Katze, aber auf der anderen Seite konnte sie alles verstehen was Bobby sagen würde. Bobby war ein typischer Kerl der auf Hunde stand und Katzen waren für ihn schon immer unnütze Tiere die keiner braucht. Bobbys Humor war vulgär und rau, und wer Bobby nicht kannte, konnte seine Worte leicht in den falschen Hals bekommen.

Nun war es schließlich soweit, Tim kam am Donnerstag Abend mit Bobby nach Hause. Bobby setze sich auf die Couch, stellte das Sixpack auf den Tisch und schaltete den Fernseher ein. Als Tim mit zwei Tüten Chips aus der Küche kam, sprang auf einmal Donna, wie aus dem Nichts auf die Couch. Bobby sprang vor lauter Schreck auf und schrie los: »Was ist denn das für'n Vieh.« Donna fauchte und setzte sich schließlich schnell auf die Küchentheke. Bobby setzte sich dann wieder mit Tim auf die Couch. »Das Vieh hat mich total erschreckt. Wo kommt die denn nur her?«, fragte Bobby. »Ja, das ist mein neues Haustier.«, sagte Tim etwas beschämt. »Ne weiße Altweiberkatze. Was willst du denn mit so einem albernen Vieh. Das ist doch nur was für alte Frauen. Was du brauchst ist ein Hund.«, sagte Bobby. »Ja, es war ein Geschenk meiner Nachbarin, die sehr alt war und mich darum bat, gut auf die Katze aufzupassen. Sollte ich das etwa ablehnen?«, sagte er zu Bobby. »Na gut, von mir aus, aber wenn mir das Vieh noch einmal zu nahe kommt, dann drehe ich ihr den Hals um.«, sagte Bobby noch etwas erschrocken. Donna die ja eigentlich eine Frau in einem Katzenkörper war, war jetzt auf Bobby stinksauer und von Tim sehr enttäuscht, weil sie merkte, dass er sich für sie etwas vor Bobby schämte. Donna war so sauer, dass sie Bobby provokativ und intensiv anstarrte. Bobby saß auf der Couch und versuchte das Spiel zu sehen. Nach einer Weile kratzte Bobby sich dauern über den Nacken und er spürte genau die Blicke, die Donna ihm zuwarf. »Also irgendwas stimmt doch hier nicht.«, sagte Bobby ganz nervös. »Wieso, was meinst du?«, fragte Tim. »Das Vieh starrt mich die ganze Zeit an.«, sagte Bobby. »Ach, das bildest du dir nur ein.«, sagte Tim aus lauter Verzweiflung. »Das ist doch nicht normal, irgendetwas stimmt hier nicht.«, sagte Bobby wieder. »Wenn du dich heute wegen Donna nicht so gut fühlst, dann können wir das Spiel auch unten in der Bar sehen und nächste Woche bringe ich sie am Männerabend zu meinem Nachbarn.«, schlug Tim aus lauter Verzweiflung vor. »Ja, denn irgendwie ist mir das Vieh unheimlich.«, sagte Bobby noch. Als beide sich ihre Jacken anzogen, lief Bobby schon raus und Tim sah vor dem Hinausgehen aus der

Wohnung Donna mit einem bösen Blick an. Den Rest des Abends vergnügte sich Tim dann mit Bobby in der Bar.

Als Tim spät abends nach Hause kam, ging er noch etwas angetrunken in die Küche, um ein Glas Wasser zu trinken. Er sah sich um, als auf einmal Donna auf der Küchentheke saß und ihn stinksauer ansah. »Was ist?«, fragte Tim. »So verteidigst du also die Ehre einer Frau und zwar gar nicht.«, sprach Donna. »Was meinst du?«, fragte Tim. »Was ich meine. Dein Freund der Macho, drohte mir den Hals umzudrehen und du tust gar nichts.«, sagte Donna. »Du bist nur ´ne Katze und Bobby hat doch bloß geblufft. Reg dich doch nicht wegen so Kleinigkeiten auf.«, sagte Tim genervt. »Was bist du eigentlich für ein Schlappschwanz. Bobby drohte mir mit dem Tod und du verteidigst ihn noch.«, sagte Donna wütend. »Also zum einen verteidige ich ihn nicht und zum anderen, wenn du ihn provozierst und unangenehm anstarrst, brauchst du dich nicht zu wundern.«, sagte er. »Kein Wunder, dass du keine Freundin kriegst.«, erwiderte Donna und wusste, dass sie damit Tims wunden Punkt traf.

Dann sah Tim Donna wütend an, dachte einen Moment lang nach und zeigte mit dem Finger auf sie. »Treib´s bloß nicht zu weit Donna oder du schläfst heute draußen!«, sagte Tim zu ihr. »Vielleicht mach ich das?«, sagte Donna, lief in das Schlafzimmer und warf die Tür mit einem Bein zu. Tim setzte sich auf die Couch, seufzte und legte sich die Hände übers Gesicht. Er dachte wieder eine Weile lang nach und ging schließlich in das Schlafzimmer, um noch mal mit Donna zu reden. Als Tim ins Schlafzimmer eintrat, sah er wie Donna traurig aus dem Fenster sah. »Hallo Donna, ich will noch mal mit dir reden. Vielleicht hast du recht und ich hätte Bobby etwas in die Schranken weisen müssen. Es ist eben sehr schwierig für mich, dich als Frau zu sehen, weil dein Äußeres nur ein Katzenkörper ist, aber ich weiß das in diesem Körper eine liebevolle Seele steckt.«, sprach Tim. »Ja, ich kann mir vorstellen, dass das alles mit mir etwas schwierig für dich ist, aber glaubst du, dass es für mich in diesem Körper so einfach ist?«, sagte Donna. Dann streichelte er Donna über den Kopf und versuchte sie wieder etwas zu beruhigen, bevor beide schlafen gingen. Nur der Mond begleitete die beiden noch durch die lange Nacht.

Am nächsten Tag war es soweit, es war Freitag, ein schöner Junitag und Tim wollte wieder übers Wochenende zu seiner Mutter fliegen. Damit Donna Tim etwas besser bei seinem Problem helfen konnte, schlug sie ihm vor, sich mal einen Eindruck von Tims Zuhause und seiner Kindheit zu machen. Donna wollte außerdem auch mal ein Bild von Tims Jugendliebe Amy sehen. Eigentlich gab es von Amy einige Fotos in Tims Jahrbuch, aber dieses hatte er vor zwei Wochen schon bei seinem vorletzten Besuch, in seinem ehemaligen Zimmer vergessen. Bevor Tim morgens zur Arbeit ging, packte er immer schon alles ein, was er an dem Wochenende bei seiner Mutter brauchte. Weil Tim diese Woche auch Donna mit zu seiner Mutter und seinem Elternhaus nehmen wollte, musste er Donna auch schon morgens in den tragbaren Käfig verstauen und übergangsweise mit zur Arbeit nehmen, wo sie dann etwas Auslauf haben konnte, bevor Donna für den Flug nach Seattle wieder in den Käfig musste.

Als Tim Donna in seinem Büro freiließ, war sie davon einfach begeistert. Denn Tims Büro war in einem modernen Wolkenkratzer und lag in einer der obersten Etagen. Wenn man aus den Fenstern sah, konnte man über ganz San Francisco sehen. Die Fenster des Gebäudes waren voll verglast und bodentief, somit konnte auch Donna ohne größere Schwierigkeiten, diese bezaubernde Aussicht genießen. Der Büroraum wurde mit dunkelblauer Auslegeware ausgestattet. In der Mitte des Büros stand auf einer marmorierten Fläche, ein riesiger gläserner Schreibtisch.

»Wow, dein Büro ist ja schöner, als deine Wohnung. Ich glaube, hier lässt es sich als Katze besonders abends gut leben, dann könnte ich hier immer meine Partys feiern, ohne dass sich die Nachbarn gestört fühlen.«, sagte Donna. »Donna du wirst hier nicht allein einziehen!«, sagte Tim und lächelte. »Man wird ja noch mal träumen dürfen.«, sagte Donna dann. Zwei Stunden vergingen und Donna legte ihren Kopf neben Tim auf den Schreibtisch und sagte: »Mir ist langweilig.« Tim seufzte, als auf einmal die Tür seines Büros aufbrach und Bobby rein kam. »Hallo Tim, ich habe hier die neuen Grafiken.«, sagte er, als Donna in diesem Moment fauchend unter den Schreibtisch kroch. »Ja, leg sie einfach hier auf meinen Schreibtisch! Ich sehe sie mir nachher an und sage dir dann Bescheid, was ich davon halte.«, antwortete Tim. »Sag mal, hast du deine Katze mit ins Büro genommen?«, fragte Bobby. Dann nahm Tim Donna auf seinen Schoß. »Ja, wieso? Ich will nämlich nach der Arbeit gleich meine Mutter übers Wochenende besuchen und da muss ich zeitig am Flughafen sein. Es wäre doch viel zu umständlich, wenn ich nach der Arbeit noch mal nach Hause fahren würde, nur um Donna zu holen.«, antwortete Tim ihm. »Ich verstehe nur nicht, warum du jetzt schon das Vieh überall mit umher schleppst, anstatt sie übers Wochenende zu Hause zu lassen?«, fragte Bobby. »Weißt du Bobby, ich habe jemandem versprochen, dass ich mich gut um Donna kümmern werde und ich finde es nicht so schön, wenn du sie jedes Mal beleidigst.«, sagte Tim zu Bobby. »Mann, du brauchst dringend eine Freundin!«, sagte Bobby, schüttelte mit dem Kopf und ging wieder raus. »Und, bist du jetzt endlich zufrieden?«, fragte Tim Donna. »Na ja, du hast es wenigstens versucht.«, sagte sie nur. Später sah sich Donna mal die Grafiken von Bobby und Tim an. »Weiß du, dass ich von solchen Sachen richtig viel verstehe und ich muss dir sagen, Bobbys Grafiken sehen aus als hätte sie ein Zweijähriger aufs Papier gekritzelt. Du solltest ihn feuern.«, sagte Donna. Tim schüttelte leicht mit dem Kopf, lächelte und sagte nur: »Komm Donna, wir müssen uns langsam für den Flug fertigmachen!«.

Nach der Arbeit musste Donna schließlich für die Flugzeit wieder in ihren Käfig gehen. Weil Tim freitags immer zeitig zum Flughafen musste, arbeitete er freitags immer nur bis Mittags und dafür arbeitete er an den anderen Tagen etwas länger. Tim verabschiedete sich noch schnell von seinen Arbeitskollegen und fuhr zum Flughafen. Noch etwas besorgt, gab Tim den Käfig mit Donna am Gepäckschalter ab. Am frühen Abend kam dann Tim in Seattle an. Auch Donna hatte den Flug gut überstanden. »Und, wie war dein

Flug so, im Frachtraum des Flugzeugs?«, fragte Tim Donna, als er den Käfig zurückerhielt. »Na ja, ich lebe noch, aber diese Rückenschmerzen machen mich wahnsinnig. Hätte Gott mich nicht lieber als Vogel auf die Erde zurückschicken können, dann bliebe mir das alles erspart. Kannst du mich jetzt raus lassen?«, sagte Donna. »Ja, warum nicht, du bist ja keine gewöhnliche Katze und weißt wo es lang geht.«, sagte Tim und ließ Donna frei. Als sie aus dem Käfig stieg, streckte sie sich erst mal ausgiebig. »Los wir müssen auf den Parkplatz dort hinten! Meine Mutter wartet bestimmt schon.«, sagte Tim und lief mit Donna los. Es war erstaunlich wie unauffällig Donna hinter Tim her lief, so das niemand etwas bemerkte. Nach ein paar Minuten kam Tim mit Donna an dem Parkplatz an, wo seine Mutter schon auf ihn wartete. »Hallo Tim.«, rief Amanda schon vom Weiten. »Hallo Mom, ich habe dieses Mal auch Donna mitgebracht.«, sagte Tim. »Oh, was hast du da für ein schönes Kätzchen?«, sagte Amanda und streichelte Donna über den Rücken. »Aber du musst sie doch in dem Käfig lassen, sonst läuft sie dir noch weg.«, sagte Amanda zu Tim. »Ich werde sie bei der Fahrt festhalten.«, sagte Tim und nahm Donna hoch, stieg in das Auto und hielt sie bei der Fahrt auf seinem Schoß fest. Als Tim mit seiner Mutter und Donna, an seinem Elternhaus ankam, war es bereits schon spät abends geworden, weil er zuvor noch etwas Katzenfutter für Donna besorgen musste. Tim ließ Donna gleich nach der Ankunft in dem Garten des Hauses frei und Amanda bereitete unterdessen das Abendessen vor. Tims Mutter hatte extra für ihn Kartoffelsalat gemacht und bereitete schon die Würstchen zu. Der Duft nach gebratenen Würstchen kroch durch die Fliegengittertür bis weit raus in den Garten. »Mm, rieche ich da etwa gebratene Würstchen?«, fragte Donna. »Ja, und es gibt noch Kartoffelsalat dazu.«, sagte Tim. »Kartoffelsalat mit Würstchen, was gäbe ich dafür, mal einen Bissen davon nehmen zu können.«, sagte Donna und leckte sich über's Gesicht. »Wieso, du hast doch da dein Katzenfutter. Schmeckt dir das nicht besser?«, fragte Tim. »Wenn du meinst, dass der Trockenfraß so gut schmeckt, dann probiere ihn doch selbst. Ich hätte gern mal wieder eine richtig gute Mahlzeit.«, sagte Donna. Tim faste sich an die Stirn und sagte: »Ich vergaß, du bist ja keine gewöhnliche Katze. Nachher bekommst du dann reichlich Kartoffelsalat mit drei ganzen Würstchen in deinen Napf.«, sagte Tim zu Donna.

Während Donna sich noch auf ihre Mahlzeit freute, deckte Amanda bereits den Gartentisch. Als sie noch mal kurz ins Haus ging, um für Tim etwas zu trinken zu holen, füllte Tim schnell Donnas Napf mit reichlich Kartoffelsalat. Donnas Verlangen nach einer richtigen Mahlzeit seit langem, überschätze sie in diesem Moment bei Weitem. Denn sie bat ihn darum, ihr sogar vier statt drei Würstchen zu dem Kartoffelsalat dazu zu geben. Hinter einem Busch stellte Tim Donna ihre riesige Mahlzeit hin, damit seine Mutter nichts von Donnas ungewöhnlichen Essverhalten mitbekam.

Die Sonne senkte sich langsam über den Horizont ab und Tim genoss den schönen Abend mit seiner Mutter, während Donna unaufhörlich ihre Mahlzeit verschlang. »Was ich dich vorhin schon fragen wollte, woher hast du denn diese ausgefallene Katze?«, fragte Amanda Tim beim Essen. »Was meinst du mit ausgefallen?«, fragte er ganz erschrocken. »Na ja, ich weiß nicht, aber irgendetwas ist anders an ihr. Der Blick und dass sie hinter dir herläuft, das alles ist schon seltsam.«, sagte Tims Mutter. »Also ich finde nicht, dass sie ausgefallen ist. Eine Nachbarin hatte sie mir anvertraut und ich habe dann eben zugesagt, mich um Donna zu kümmern.«, sagte er. »Vielleicht bilde ich mir das auch alles wirklich nur ein, die Einsamkeit spielt wahrscheinlich meinem Verstand nur einen Streich.«, sagte Tims Mutter und deckte langsam den Tisch ab.

Als seine Mutter noch im Haus war, lief Tim schnell in den hinteren Bereich des Gartens, um nach Donna zu sehen. Mit vollem Bauch, auf dem Rücken liegend und nur noch nach Luft schnappend, fand Tim Donna vor. »Oh mein Gott, du bist ja rund wie ein Ballon.«, sagte Tim ganz erschrocken zu Donna. »Es war dann doch etwas zu viel. Am besten verbringe ich heute die Nacht im Garten. Denn ich werde Dinge tun, die laut sind und mit unangenehmen Gerüchen einhergehen und so gar nicht zu einer Lady passen.«, sagte Donna. »Okay, dann stelle ich dir heute Nacht dein Katzenkörbchen raus.«, schlug er vor.

Während Donna nach ihrer Fressarie noch lange Bauchschmerzen plagte, lag Tim oben in seinem Zimmer wach. Es war eine schöne klare Sommernacht und der Mond schien silberblau durch den Himmel, als Tim wieder an Amy dachte. Er ging zu dem Schreibtisch und holte das Jahrbuch mit den Fotos von Amy aus der Schublade. Kurz dachte er wieder an den Moment, wo er mit Amy im Flur der Schule zusammenstieß. Wenn auch nur ein kurzer Moment, so war es doch der Schönste seines Lebens. Noch begleitet von vielen Gedanken, schlief Tim dann in dieser Nacht erst spät ein.

Am nächsten Tag stand Tim gegen 10:00 Uhr morgens auf. Seine Mutter hatte wieder für ihn einen Apfelkuchen gebacken. Nun saßen beide in der Küche und die Morgensonne schien golden durch die Fenster. An diesem schönen Junitag gab es für Tim eigentlich keinen Grund um traurig zu sein, aber er war es, was auch Amanda seine Mutter bemerkte. »Hast du wieder an sie gedacht?«, fragte Amanda. »Gestern Nacht lag ich wieder lange wach und dann habe ich mir noch mal die alten Fotos angesehen. Mit den alten Fotos, kamen auch wieder die alten Erinnerungen.«, sagte Tim. »Aber was machte Amy damals für dich so besonders?«, fragte Amanda. »Na ja, das ist schwierig zu erklären. Als ich sie sah, hatte ich das Gefühl, das uns etwas verbinden würde. Wie Seelenverwandte die sich nun gefunden hatten oder so.«, sagte Tim. »Ja, aber wenn sie genauso gefühlt hätte wie du, warum hat sie es nicht mal probiert dich zu erreichen oder mit dir zu reden? Verstehst du was ich meine? Manchmal fühlt der eine, nicht so wie der andere.«, sprach Tims Mutter. »Weißt du, das ist ja genau die Frage, die mich auch schon seit Jahren beschäftigt. Wenn ich wüsste, dass sie nie Interesse an mir gehabt hätte, dann hätte ich endlich Gewissheit und könnte sie allmählich vergessen.«, sagte Tim. »Ja, manchmal ist das mit den Gefühlen alles nicht so einfach, aber wo ist eigentlich deine Katze? Seit gestern Abend habe ich sie nicht mehr gesehen.

Hoffentlich ist sie nicht entlaufen.«, fragte Amanda. »Mach dir mal um Donna keine Sorgen, die schläft bestimmt noch.«, sagte er schnell zu seiner Mutter, um sie zu beruhigen. In Wirklichkeit wollte Tim jetzt auch wissen wo Donna ist und somit machte er sich schnell auf dem Weg in den hinteren Bereich des Gartens. Als Tim hinten im Garten ankam, sah er wie Donna schlafend in ihrem Katzenkörbchen lag. Nur leicht stieß Tim Donna mit einem Finger an. »Wie spät ist es?«, fragte Donna. »Es ist schon 11:00 Uhr durch.«, sagte Tim. »Egal ob als Mensch oder als Katze, dass war das letzte Mal, dass ich so viel essen werde.«, sagte Donna.

Gegen Abend ging es Donna schließlich wieder besser und sie wollte sich jetzt mit Tim die Fotos seiner ehemaligen Jugendliebe Amy ansehen. Tim nahm Donna mit hoch in sein Zimmer und holte alles herbei, was er von Amy besaß. »Hier auf dem Bild ist sie sechzehn Jahre alt.«, sagte er zu Donna. »Mm, ich muss gestehen, dass sie wirklich bildschön ist. Zwar nicht ganz so schön wie ich es war, aber ich glaube, dass sie mir richtig Konkurrenz machen könnte und das konnte vorher noch keine andere Frau.«, sagte Donna. Tim lehnte sich wieder zurück und sah Donna kritisch an. »Mm, warst du wirklich schöner als Amy? Denn die haben deinen Körper vom Asphalt gekratzt, jedenfalls das was noch davon übrig blieb.«, sagte Tim. »Oh mein Gott, du verteidigst sie, dann musst du sie ja wirklich lieben.«, sagte Donna. »Ja natürlich liebe ich sie und ich würde gern wissen was sie jetzt so macht, ob sie verheiratet oder getrennt lebt.«, sagte Tim »Würdest du sie denn tatsächlich wiedersehen wollen und dich dann damit am Ende wieder selbst quälen oder glaubst du, dass es nicht doch besser wäre, deine Liebe einer anderen Frau zu schenken, ich meine, was ist, wenn du sie jetzt sehen könntest und sie dir immer noch genauso gut gefällt wie damals, aber sie das alles mit den Gefühlen anders sehen würde und dein Herz für immer bricht, was hast du dann davon?«, fragte Donna. »Gewissheit.«, antwortete Tim kurz. »Könntest du dir denn vorstellen, dass du eine andere Frau genauso oder sogar noch mehr lieben könntest?«, fragte Donna. »Das ist es ja gerade, solange Amy mein Herz nicht ablehnt, solange kann ich es keiner anderen Frau geben.«, sagte Tim. »Also ich schlage dir folgendes vor, du versuchst es jetzt erst mal dich mit anderen Frauen zu treffen und wenn du dann Amy immer noch nicht aus dem Kopf bekommst, dann musst du versuchen das mit Amy zu klären, aber es könnte ja auch sein, dass dir eine andere Frau doch besser gefällt, als es Amy tat und aus dem Grund musst du es wenigstens versuchen, dich wieder neu zu verlieben.«, schlug Donna vor.

Am nächsten Tag musste Tim wieder mit Donna den Flug nach Hause nehmen. Der Rückflug nach San Francisco kam Donna nicht mal mehr annähernd so lange vor, wie zuvor der Hinflug nach Seattle. Denn Donna wurde sich im Rückflug nach San Francisco die Komplexität dieser Aufgabe erst richtig bewusst. Es war nicht nur so, dass Donna Tim bei seinem Problem helfen musste, eine geeignete Frau für ihn zu finden, mit der er glücklich sein könnte, sondern Tim musste sich erst mal über seine Gefühle für Amy im Klaren werden und das bedeutete er müsste sich erst mal mit ihr treffen und das bedeutete wiederum, Tim müsste wissen wo sie jetzt lebt. Und selbst wenn er sie treffen würde, müsste Tim in diesem Moment den Mut finden, mit ihr zu reden, was er ja zuvor noch nicht mal mehr auf der High-School schaffte, wo er sie täglich sah. Wenn nur ein Glied in dieser Kette bricht, wäre Tim für immer allein, unglücklich und verloren. Um diese Kette übergehen zu können, plante Donna jetzt eine Frau für Tim zu finden, die ihm besser gefallen könnte als Amy.

Kapitel 3: Die lange Suche

Ein paar Wochen später, mittlerweile war es schon Juli 2015, als Donna die Idee bekam von Tim ein Datingprofil zu erstellen. Denn er war viel zu schüchtern um die Frauen von allein direkt anzusprechen, also beschloss Donna einfach mal eines mittwochs Abends mit Tim über seine Vorstellungen von einer idealen Frau zu reden und dabei auch sein Persönlichkeitsprofil mit einzubeziehen. Die Frage die sich für Donna stellte war, welche Kategorie von Frauen passt wohl am besten zu Tim.

Donna kam aus dem Schlafzimmer, setzte sich zu Tim auf die Couch und schaltete den Fernseher aus. »So Tim, jetzt wird es Zeit, dass wir zwei mal intensiv über dein Problem reden! Ich dachte mir, ich stelle dir eine Reihe von Fragen, um dein Problem richtig angehen zu können.«, schlug Donna vor. »Muss das wirklich sein? Du weißt, die ganze Sache ist mir sehr unangenehm.«, sagte er beschämt. »Wie soll ich denn eine ideale Frau für dich finden, wenn ich nichts von dir weiß, außer die paar wenigen Informationen die mir Gott über dich gab. Fangen wir einfach mit ihrem Aussehen an! Gib mir mal eine kurze Beschreibung von ihr! Wie zum Beispiel sollte ihre Figur sein?«, fragte Donna. »Na ja, sie sollte sportlich sein und schlank.«, sagte er. »Bist du sportlich?«, fragte Donna. »Mm, ich jogge.«, antwortete Tim. »Ich hab dich noch nie joggen sehen.«, sagte Donna. »Okay, dann bin ich eben nicht sportlich.«, antwortete er. »Dann werde es, wenn sie es sein soll!«, schlug Donna vor, bevor sie Tim die nächste Frage stellte. »Okay, die nächste Frage, welche Farbe und Länge sollten ihre Haare haben?«, fragte Donna. »Na ja, kurze Haare sind mir zu maskulin. Ich würde sagen, lange Haare gefallen mir gut, die Haarfarbe ist mir egal.«, antwortete Tim. »Okay, da haben wir schon was, womit wir arbeiten können. Was ist mit dem Alter und der Größe, soll sie jünger oder älter sein, wie du?«, fragte Donna, während sie sich alles auf ihr Protokoll schrieb. Denn Donna arbeitete Tag und Nacht an ihren motorischen Fähigkeiten und konnte nun nach Monaten endlich einen Stift verwenden, um im Internet ihren Social Media Account anlegen zu können. »Mm, ich würde sagen, sie kann im selben Alter sein wie ich oder etwas jünger und die Größe, na ja, ich bin einen Meter achtzig groß, aber ich glaube, die Größe der Frauen spielt für mich keine so große Rolle.«, sagte er. »Dann bleibt nur die Frage, wie willst du sie kennenlernen, im Club oder vielleicht gibt es da ja eine nette Frau, die mit dir im gleichen Gebäude arbeitet oder du versuchst es im Internet mit den Frauen Kontakt anzufangen.«, schlug Donna vor. »Im Büro gibt es eigentlich keine Frau die mich interessiert, außerdem sind die meisten Frauen die in meiner Firma arbeiten schon verheiratet.«, sagte Tim. »Okay, ich habe da eine Idee. Wenn du morgen mit Bobby in die Bar gehst, versuche doch mal eine Frau die dir gut gefällt anzusprechen!«, schlug

Donna vor. »Und was soll ich zu ihr sagen?«, fragte er Donna. »Erstmal suchst du dir eine Frau aus, die dir gefällt und dann lächelst du sie an! Wenn sie dich auch anlächelt, sagst du kurz: »Hi, kann ich dich zu einem Getränk einladen?«, Erst mal um das Eis zu brechen und dann nimmt das Gespräch schon automatisch seinen Lauf.«, schlug Donna vor. »Na gut, ich kann es mal versuchen.«, sagte er.

Am nächsten Abend war Tim sehr motiviert es mal zu versuchen mit einer Frau ein Gespräch anzufangen. Es war nämlich Donnerstag, der Lieblingstag von Tim und somit standen alle Zeichen auf gut, dass ein Flirtversuch zum großen Erfolg führen würde. Nun saß Tim wieder mit Bobby am Tresen. »Weißt du Bobby, ich habe gestern mal mit jemandem über mein Frauenproblem gesprochen und sie hat mir ein paar Ratschläge gegeben, wie man am besten eine Frau ansprechen kann. Vor allem meinte sie, dass es wichtig ist, es überhaupt zu probieren.«, sagte Tim zu Bobby. »Das sage ich dir doch schon seit Wochen.«, antwortete Bobby daraufhin. Dann sahen sich beide erst mal nach einer Frau um, die Tim gefallen könnte. »Was ist mit der Frau die da hinten am Tresen sitzt? Also ich finde sie schön.«, sagte Bobby. »Meinst du?«, antwortete Tim. »Die ist heiß. Und nun geh endlich!«, sagte Bobby. Schließlich ließ sich Tim von Bobby dazu überreden die Frau anzusprechen. Tim setzte sich dann auf den leeren Platz neben ihr und versuchte sie anzulächeln. Etwas verwundert lächelte sie zurück. »Hallo, kann ich sie auf ein Getränk einladen?«, fragte Tim sie nervös. »Nee.«, sagte sie und setzte sich weg. Danach setzte sich Tim wieder voll frustriert neben Bobby. »Hat wohl nicht geklappt?«, fragte Bobby. »Nein, irgendwie nicht.«, antwortete Tim. »Sag mal, wer hat dich eigentlich auf diese Idee gebracht, jetzt was zu ändern?«, fragte Bobby. Tim überlegte nun, was er ihm antworten sollte, denn er konnte ihm doch nicht sagen, dass Gott Donna die Katze auf die Erde geschickt hatte, um ihm bei seinem Problem zu helfen. »Ja weißt du, ich habe mich mal wegen meinem Problem bei einer Therapeutin beraten lassen.«, sagte Tim zu Bobby. »Lass den Kopf nicht hängen, so ein Rückschlag ist ganz normal, beim nächsten Mal klappt das schon mit einem Date.«, sagte Bobby. An diesem Abend gab Tim das Flirten erst mal auf und er entschied sich lieber nach Hause zu gehen.

Als er zu Hause ankam, wartete Donna schon aufgeregt auf Tims Ergebnis. »Und, hast du es versucht, mal eine Frau anzusprechen?«, fragte Donna schon aufgeregt. »Ja.«, antwortete Tim ihr nur wütend. »Ja und weiter?«, fragte Donna. »Was und weiter? Ich habe alles so gemacht wie du es mir vorgeschlagen hast und sie hat mir ein klares Nein vor den Kopf geworfen. Ich glaube das bringt alles nichts. Anscheinend passe ich einfach zu keiner Frau.«, sagte er frustriert. »Na ja, immerhin hast du es mal versucht, beim nächsten Mal klappt es bestimmt.«, sagte Donna. »Das Selbe hat mir auch Bobby gesagt, aber ich glaube, ich habe einfach keine Lust mehr.«, sagte Tim. »Ja gut, so einfach wen anzusprechen ist vielleicht doch etwas gewagt, also ich habe da eine bessere Idee. Wir registrieren dich in einem Internetportal und wir geben dann dort deine Vorstellungen ein, welche Eigenschaften deine Frau haben sollte und warten ab, wer sich meldet! Dann schreiben wir zurück und du triffst dich mit den Frauen, bis du die Richtige gefunden hast!«, schlug Donna vor. Noch am selben Abend richteten Donna und Tim gemeinsam die Seite im Internet ein. Es dauerte auch nicht lange, bis Tim einige Anfragen bekam. Donna machte den Vorschlag, dass sich Tim immer dienstags mit jeweils einer Frau zum Kennenlernen treffen sollte.

Eine Woche später, hatte Tim dann am Dienstag sein erstes Date mit einer Frau die ihr Foto aber leider etwas retuschiert hatte und sich für sehr schlank ausgab, aber in Wirklichkeit sehr übergewichtig war. Die beiden haben sich erst mal zum Kennenlernen in einem Café verabredet, wo sie sich gemeinsam in Ruhe über ihre Vorstellungen von einer Beziehung austauschten. Tim sagte ihr, dass er gern etwas mehr Sport treiben würde um wieder besser aussehen zu können und ob sie daran Interesse hätte, ihm dabei zu unterstützen. Leider lehnte sie die Vorschläge ab, weil sie kein Interesse an sportlichen Tätigkeiten hatten. Auch mit Tim erst mal nur längere Strecken zu laufen, empfand sie als sehr belastend, weshalb sich beide dann schließlich nicht mehr verabreden wollten. Denn Tim brauche eine Frau die ihm zu Aktivitäten ermutigt, damit er sich körperlich verbessern konnte.

Eine Woche danach, also beim zweiten Treffen mit einer Frau aus dem Datingportal, traf sich Tim mit einer Frau, die ihm zwar ein echtes Foto zukommen ließ, aber leider war es ein über dreißig Jahre altes Bild und die Frau mit der sich Tim traf, war über sechzig Jahre alt und älter als seine eigene Mutter.

Beim dritten Date, traf sich Tim mit einer Frau die jung und gut aussehend war, aber die nur mit einem Mann zusammen sein wollte der viel Geld besaß. Die erste Frage die sie ihm stellte war, wie hoch sein Gehalt ist. Auch im weiteren Verlauf des Gespräches ging es nur um materielle Vorstellungen, die für Tim nicht wichtig waren. Zwar hätte sie schon Interesse an Tim gezeigt, aber nur weil er einen gut bezahlten Posten hatte. An Tims ehrenamtlicher Arbeit, einmal im Jahr an Thanksgiving Essen an Obdachlose zu verteilen, würde sie ihn aber nicht begleiten. Weil er eine bodenständige Frau suchte, verabredete auch er sich nicht noch mal mit ihr.

Am vierten Dienstag und damit auch beim letzten Treffen, traf sich Tim mit einer Frau die sehr aggressiv und vulgär war. Als Tim nach seinem letzten Date nach Hause kam, ging er gleich zu Donna, zeigte mit dem Finger auf sie und sagte: »Nie mehr!«. Daraufhin löschte er all seine Daten aus dem Portal.

Einen Abend später, wollte Donna noch mal mit Tim über alles reden. Sie ging zu ihm und setzte sich wieder neben ihn auf die Couch. »Okay, das hat vielleicht alles nicht so geklappt wie es sollte. Ich finde, du solltest jetzt nicht aufgeben!«, sagte sie. »Donna, ehrlich gesagt, habe ich keine Lust mehr. Ich schlage vor, jetzt erst mal von den ganzen Dates Abstand zu nehmen.«, sagte Tim. »Aber ich habe noch eine Idee.«, sagte Donna. »Tut mir leid, aber ich habe keine Lust mehr auf deine Vorschläge und will nur noch meine Ruhe haben.«, sagte er. »Tut mir leid, aber ich finde das einfach nicht faire von dir, dass du dir noch nicht mal mehr meinen Vorschlag anhören willst. Ich weiß, dass es nicht leicht für dich gewesen ist, wenn man dauernd einen Rückschlag nach dem anderen hatte, doch das bringt die Partnersuche nun mal so mit sich. Glaubst du wirklich, dass du gleich beim ersten Treffen deine Traumfrau finden wirst?«, sprach Donna wütend zu Tim. »Aber damals auf der High-School, mit Amy, ich glaube schon, dass sie die Richtige gewesen ist.«, antwortete Tim. »Aber damals auf der High-School, langsam kann ich das einfach nicht mehr hören. Wie kann man nur so verbohrt sein. Du weißt doch gar nichts von ihr. Man muss sich erst mal richtig kennenlernen. Ich dachte damals mit Jack auch, dass er die große Liebe sei, aber dann nach knapp zwei Jahren war Schluss, weil wir beide merkten, dass wir nicht zueinander passten. Ich weiß einfach nicht mehr wie ich dir noch helfen kann, wenn du nicht von Amy loskommst.«, sagte Donna wütend. »Na gut Donna, vielleicht hast du recht. Es war unfaire mir nicht deinen Vorschlag anzuhören und alles von dir in Frage zu stellen. Ich würde gerne deinen Vorschlag hören. Bitte habe im Gegensatz Verständnis dafür, dass ich dieses Mal etwas Zeit benötige, um ihn umzusetzen. Weil ich von dem Thema erst mal eine Pause brauche.«, schlug Tim ihr vor. »Meine Idee wäre gewesen, dass du mal in den Urlaub fliegst. Möglicherweise gibt es da ja mehr Gelegenheiten jemandem kennenzulernen. Es muss auch nicht so lange sein. Vielleicht ein Wochenende?«, schlug Donna vor. »Allein wegzufahren, ich weiß nicht ob das was für mich ist. Jedoch könnte ich Bobby fragen, ob das für ihn okay wäre, wenn wir ein paar Tage nach Florida fliegen. Wenn er es seiner Frau erklärt und sie damit einverstanden ist, könnte es gehen. Aber ich glaube, dieses Jahr wird das nichts mehr werden.«, sagte Tim. »Na gut, da kann man nichts ändern. Wenigstens hast du dir meinen Vorschlag angehört. Vielleicht, fällt mir noch etwas anderes ein.«, antwortete Donna. Diesen Abend gingen beide sehr nachdenklich schlafen.

Donna gab schließlich vorerst nach und ließ Tim mit weiteren Vorschlägen in Ruhe. Die Wochen vergingen und langsam nährte sich der Herbst. Mit jedem Tag der verging, wurde sich Donna dem zunehmenden Schwierigkeitsgrad für die Bewältigung dieser Aufgabe bewusst. Mittlerweile war Donna auch nicht mehr davon überzeugt, ob sie es überhaupt noch schaffen würde, eine Partnerin für Tim zu finden. Letztendlich war Donna nur noch im Schlafzimmer zu finden. Stundenlang lag sie dann auf dem Boden, sah aus dem Fenster und dachte über ihr altes Leben nach. Eines Abends kam Tim zu ihr, der schon länger bemerkte, dass Donna sich seit den letzten Wochen zunehmender im Schlafzimmer zurückzog. »Was ist mit dir, fühlst du dich nicht gut?«, fragte Tim Donna. »Es ist einfach alles schief gelaufen und ich weiß nicht, wie es jetzt weitergehen soll. Wahrscheinlich friste ich nun für immer mein Dasein als Katze.«, sagte sie. »Auch wenn du es nicht schaffen solltest, eine Partnerin für mich zu finden, so hast du doch alles getan, was du konntest. Bestimmt zählt das bei Gott auch.«, sagte Tim. »Ich glaube nicht, dass es zählt, aber weißt du, was ich gern mal wieder machen würde? Am liebsten würde ich mal wieder den ganzen Tag lang in Boutiquen shoppen gehen und ein Kleidungsstück nach dem anderen anprobieren, und dann noch die Schuhe.

Was gäbe ich nicht alles dafür, um mal wieder ein paar Frauenschuhe an den Füßen tragen zu können, doch was mir am meisten fehlt, ist New York und der Broadway.«, sagte Donna. »Ich hätte da eine Idee. Was das Shoppen angeht, da könnten wir ja einmal in der Woche, in ein bis zwei Geschäfte gehen und ich sage einfach zu den Verkäuferinnen, dass ich was für meine Freundin zum Geburtstag suche. Ich nehme dich dann mit und du kannst dich heimlich umsehen. Wenn dir das weiterhilft, kann ich dir auch ein paar Schuhe kaufen, aber du weißt, dass du sie nie tragen könntest.«, schlug Tim vor. Durch sein Angebot, was Donna sofort ohne lange zu überlegen annahm, ging es ihr erst mal wieder etwas besser.

Eine Woche der Vorfreude lag nun hinter Donna und jetzt war es endlich soweit. Tim kam wie gewohnt mittwochs nachmittags von der Arbeit nach Hause und er hatte jetzt noch etwas Zeit mit Donna ausgiebig shoppen zu gehen. Als Tim in die Wohnung kam, lief Donna schon aufgeregt auf ihn zu. »Gehen wir heute wirklich shoppen?«, fragte Donna schon aufgeregt. »Ja natürlich, das habe ich dir doch versprochen. Ich gehe nur schnell duschen und ziehe mir meine Freizeitklamotten an und dann gehen wir los.«, sagte Tim. Weil es an dem Tag etwas kühl war und Donna sich für das Shoppen in der Stadt schön machen wollte, zog sie die kleine weiße Jacke an, die Tims Mutter vor kurzem extra für Donna gestrickt hatte. Als beide dann so weit fertig waren und Tim seine Freizeitklamotten trug, gingen sie los.

Donna lief wieder dicht neben Tim her. Langsam kamen sie an ein paar Läden vorbei. »Wie wär´s mit diesem Modegeschäft, könnte dir hier etwas gefallen?«, fragte Tim Donna. Daraufhin stellte sich Donna auf ihre Hinterbeine und sah durch das Schaufenster. »Mm, warum nicht? Die haben hier richtig schöne Handtaschen und Schuhe.«, sagte sie. Bevor Tim das Geschäft betrat, nahm er Donna auf den Arm und trug sie dann unauffällig rein. Tim ging ins Geschäft, an den Tresen zu der Verkäuferin und fragte sie: »Entschuldigen sie, ich suche ein geeignetes Geburtstagsgeschenk für meine Freundin. Weil ich nachher aber noch einen wichtigen Termin beim Tierarzt habe, muss ich jetzt meine Katze mit reinbringen. Kann sie hier drinnen bleiben, solange ich nach was Geeignetem für meine Freundin suche?« Die Verkäuferin schien ein Herz für Katzen zu haben und war von Donnas rein weißen Fell begeistert und antwortete Tim: »Eigentlich sind Tiere hier nicht erlaubt, aber das bezieht sich überwiegend auf Hunde, in ihrem Fall kann ich da mal eine Ausnahme machen.« Schließlich nutzten Tim und Donna die Gelegenheit, um sich mal intensiv umzusehen. Weil Tim mit Donna Mitleid hatte, kaufte er ihr auch noch das paar Schuhe, welches Donna so gut gefiel. An dem Tag waren Tim und Donna in noch zwei weiteren Läden, so das Donna am Ende der Shoppingtour wieder etwas glücklicher war. Insgesamt ging Tim daraufhin mit ihr wie versprochen wöchentlich mittwochs eine lange Runde durch die Läden.

Kapitel 4: New York, der Broadway und ein warmer Winter

Auch wenn Tim versuchte Donnas Dasein als Katze etwas mit wöchentlichen Shoppingtouren aufzuheitern, täuschte es doch nicht darüber hinweg, dass Donna jetzt nur eine Katze und keine angesagte Schauspielerin mehr war. Die Wochen vergingen und Tims Problem konnte Donna in keiner Weise lösen. Sie glaubte auch nicht mehr daran, dass sie es so auf die Schnelle schaffen würde, Tims Problem zu lösen und deshalb stellte sich Donna innerlich schon darauf ein, noch länger als Katze weiterleben zu müssen.

Eines Abends saß Donna wieder lange nachdenklich vor dem Fenster. Mittlerweile ist es schon Herbst geworden und der Nebel legte sich dicht über die Stadt, als Tim bemerkte, dass Donna sich in der letzten Zeit wieder sehr zurückzog. Er machte das Licht an und ging zu ihr. »Was ist mit dir, geht es dir nicht gut, weil du dich seit Tagen schon wieder hier im Schlafzimmer verkriechst?«, fragte Tim. »Weißt du, ich vermisse nur mein altes Leben, mit meinen Freunden, den Broadway und vor allem vermisse ich das Schauspielen.«, sagte sie. »Hattest du viele Rollen?«, fragte Tim. »Weniger im Fernsehen, aber im Theater spielte ich täglich. Die Musik, die Aufregung vor den Auftritten und das Publikum, machten das alles so besonders. Weißt du, wenn man für eine Fernsehserie dreht, ist das was ganz anderes, als wenn man im Theater vor offenem Publikum spielt. Im Theater kann man die Szene nicht beliebig wiederholen, bis sie perfekt ist. Außerdem bekommt man im Theater sofort vom Publikum Applaus, wenn man gut gespielt hat und wenn man schlecht gespielt hat, eben nicht. Wenn man fürs Fernsehen dreht, hat man all das nicht und das machte das Theater für mich gerade so schön und interessant.«, erzählte Donna Tim. »Mm, ich glaube, wenn man für etwas so viel Leidenschaft aufbringen kann, wie du für das Schauspielen aufbringen konntest, dann kannst du kein so egoistischer Mensch gewesen sein.«, sagte Tim. »Mag sein, dass das Schauspielen alles für mich war, aber die Menschen um mich herum interessierten mich nicht.«, sagte Donna reumütig. »Aber jetzt interessierst du dich für andere Menschen und das ist doch gut.«, sagte er. »Ach, ich weiß nicht, ob es nicht viel zu spät ist, jetzt noch was zu bewegen.«, sagte Donna. »Weiß du, manchmal frage ich mich auch, ob ich nicht zu wenig für andere mache und deshalb arbeite ich schon seit über zwanzig Jahren, jedes Jahr ehrenamtlich an Thanksgiving in einer Suppenküche. Schon früher als Kind nahm mich meine Mutter an Thanksgiving mit in eine Suppenküche, um dort das Essen an mittellose Menschen auszugeben. Wenn du willst, kannst du gern dieses Jahr mitkommen. Vielleicht bringt dich das wieder etwas näher zu den Menschen.«, schlug er Donna vor. »Vielleicht wäre es gerade jetzt für mich sehr wichtig, mir auch mal diese Seite von unserer Gesellschaft anzusehen.«, sagte Donna.

Eine Woche später, war es soweit. Tim weckte Donna bereits um 05:00 Uhr morgens auf. »Was, müssen wir jetzt schon losgehen, es ist erst 05:00 Uhr morgens?«, fragte Donna ganz verwundert. »Ja, ich habe dir doch gestern gesagt, dass wir so früh aufstehen müssen.«, sagte Tim. »Ich dachte wir müssen um 05:00 Uhr nachmittags losgehen. Gehst du denn heute nicht wieder ein paar Stunden arbeiten, um dich besser auf deine Präsentationen vorbereiten zu können, wie an fast jeden Feiertag?«, fragte Donna. »Um in der Suppenküche aushelfen zu können, nutze ich diesen Feiertag mal aus und gehe heute nicht ins Büro!«, sagte Tim. Schließlich stand Donna dann auf. Weil es um diese Zeit in San Francisco meistens etwas kühl war, zog sich Donna wieder die Jacke an, die Tims Mutter für sie gestrickt hatte.

Noch etwas müde ging Donna dann gemeinsam mit Tim los. Bis sie in der Suppenküche ankamen, liefen sie eine Weile lang. »Wie weit müssen wir noch laufen?«, fragte Donna. »Es ist nicht mehr so weit. Wieso, was ist mit dir? Du wirkst auf einmal so aufgeregt.«, fragte Tim. »Ich weiß nicht, ob das so eine gute Idee war, dass ich heute mit komme, was ist wenn ich unter der ganzen Menschenmenge verloren gehe oder schlimmer noch, zu Tode getrampelt werde.«, sagte Donna ganz aufgeregt. »Wenn es danach geht, dürfte ich ja auch nicht mehr mit dir in die Stadt gehen, wo du immer voller Vorfreude mitkommen willst.«, antwortete er nur verwundert.

»Okay, wenn ich ehrlich bin, habe ich doch etwas Angst davor, das Leid der anderen so Nahe zu sehen und nichts ändern zu können. Vielleicht habe ich es mir in meinem vorherigen Leben auch nur zu leicht gemacht, indem ich einfach wegsah. Mein Freund Jack war zwar auch nicht reich, aber er hatte wenigstens ein Dach über dem Kopf.«, sprach Donna. Tim blieb kurz stehen und sagte: »Donna du braucht wirklich keine Angst zu haben. Zum einen bleibe ich die ganze Zeit in deiner Nähe und zum anderen, jeder Versuch was zu ändern, auch der Versuch deine innere Einstellung zu ändern, zählt als gute Tat. Du kannst heute nur einen Fehler machen und der wäre, wenn du jetzt wieder in deine alte Rolle zurückfällst und aufgibst.«, sagte Tim. »Du hast recht, irgendwann muss ich damit anfangen meine innere Einstellung zu ändern, um anderen helfen zu können.«, sagte Donna und war wieder etwas erleichtert.

Als beide in der Suppenküche ankamen, waren nur die ehrenamtlichen Helfer dort. Donna hielt sich dicht und unauffällig an Tim und beobachtete ganz genau die ehrenamtlichen Helfer in dieser riesigen Küche. Donna versteckte sich immer in Ecken wo man sie nicht sah. Alle waren so sehr damit beschäftigt, die Mahlzeiten vorzubereiten, dass sogar Tim die Zeit fehlte mit Donna zu reden. Gegen Mittag kamen dann die ersten mittellosen Gäste. Als sich die Suppenküche langsam füllte, schlich sich Donna heimlich aus der Küche in dem Bereich wo die Obdachlosen Gäste an den Tischen saßen. Dann setzte sich Donna unter die Tische und sie versuchte die Gespräche der Gäste mitzuhören.

Die Mehrzahl der Mittellosen waren Männer, aber auch viele Frauen waren mit darunter zu sehen. Zuerst hörte Donna sich das Gespräch an, in dem sich zwei Männer unterhielten. Der eine Mann sprach darüber, dass er früher eine große Abteilung geleitet hatte und auch viel Geld besaß. Durch Personalabbau wurde die Abteilung in San Francisco geschlossen und sein Posten von heute auf morgen gestrichen. Das war für ihn ein sehr großer Schock, weil er annahm, diese Position bis zur Rente behalten zu können. Leider war es für ihn wegen seines hohen Alters sehr schwierig wieder eine Arbeit zu finden, sodass er seine Wohnung in kürzester Zeit verlor und in die Obdachlosigkeit abrutschte.

Der andere Mann erzählte, dass er jahrelang mit seiner Frau in einem Haus lebte. Kinder hatten beide jedoch noch nicht. Seine Frau ist aber dann an Krebs erkrankt und er kümmerte sich bis zum Tod um sie. Nach dem Tod von seiner Frau, hatte er an allem um sich herum das Interesse verloren und verfiel in eine schwere Depression. Das Haus in dem beide lebten, musste er schließlich verkaufen und geriet ebenfalls in die Obdachlosigkeit.

Nun schlich sich Donna unter einen anderen Tisch, an dem eine ältere Dame mit einem Mann sprach. Sie erzählte, dass sie jahrelang in einer Fabrik gearbeitet hatte und gemeinsam mit ihrem Mann zusammenlebte, die zusammen zwei erwachsene Kinder haben. Die Kinder sind schon vor Jahren ausgezogen und leben in New York und Chicago. Zu Besuch kamen sie seit Jahren nur noch ganz selten. Als ihr Mann vor zwei Jahren von einem Tag auf den anderen verstarb, konnte sie die große Wohnung nicht mehr finanzieren und wurde obdachlos. Auch mit ihren Kindern hatte sie seit dem kein Kontakt mehr.

In diesem Moment wünschte sich Donna mit den Gästen persönlich ein Gespräch anfangen zu können. Gern hätte Donna den Obdachlosen etwas gut zugeredet oder motiviert und sie bereute es jetzt schon etwas, dass sie sich in ihrem vorherigen Leben, nie mit diesen Menschen beschäftigte. Am späten Abend sind die ehrenamtlichen Arbeiter schließlich fertig geworden. Mit einer nachdenklichen Donna, ging Tim wieder nach Hause zurück.

Gleich als sie zu Hause ankam, setzte sich Donna wieder nachdenklich vor das Fenster und betrachtete die Lichter der Stadt. Tim setzte sich schließlich neben Donna ans Fenster. »Es ist schon erstaunlich, wie schön unsere Stadt oberflächlich aussieht, aber das unter all den bunten Lichtern und pompösen Gebäuden Menschen leben, die heute Nacht keinen Platz zum Schlafen haben, hätte ich vorher nie gedacht. Ich habe mich vorhin heimlich in den Essbereich geschlichen, wo die Mittellosen sich unterhielten, als du damit beschäftigt warst das Essen vorzubereiten. Ich war erstaunt darüber, wie viele Menschen unvermittelt und vor allem unverschuldet in die Obdachlosigkeit gerutscht sind. Mein Vater sagte immer, jeder ist selbst für seine Probleme verantwortlich und dass bei den Obdachlosen einfach nur der Wille fehlt. Heute weiß ich, dass mein Vater unrecht hatte und er es sich einfach nur mit seiner Meinung bequem machen wollte.«, erzählte Donna.

»Ich habe dich ja nur mal mitgenommen, damit dir der Ernst der Realität bewusst wird. Man muss ja nicht sein ganzes Hab und Gut verschenken, aber wenn man wenigstens hinsieht und ein wenig hilft, reicht das oftmals schon aus, damit es anderen besser geht.«, sagte Tim zu Donna. »Vielleicht sollte ich jetzt jedes Jahr mit dir in die Suppenküche gehen, wenn ich nächstes Jahr immer noch deine Katze sein sollte.«, antwortete Donna. »Auch wenn in letzter Zeit alles etwas schwierig für dich war, so habe ich heute noch eine kleine Überraschung für dich.«, sagte Tim. Dann holte er die zwei Thanksgiving-Fertiggerichte aus dem Kühlschrank und erwärmte eins für Donna und eins für sich selbst. Den Abend wollte Tim als Belohnung für Donnas Einsatz, mit einem Thanksgiving-Abendmahl ausklingen lassen.

Die Wochen vergingen und für Donna war ihr neues Leben immer noch etwas schwierig. Also beschloss er Donna als Weihnachtsgeschenk eine dreitägige Reise nach New York zu schenken. Geplant war vom 22. bis 25. Dezember 2015, in New York zu bleiben. Einen Tag vor Reisebeginn war Donna schon voller Vorfreude ihre Heimatstadt New York mit all den wunderschönen Sehenswürdigkeiten wiedersehen zu können. Auch wenn das bedeutete, dass Donna einen langen Flug in dem Frachtraum des Flugzeuges bevorstand. Denn New York befand sich auf der anderen Seite des Kontinents.

Nach ein paar wenigen Wochen war es schließlich so weit. Tim hatte alles eingepackt, was er für die Urlaubstage in New York brauchte. Donna musste dann am Flughafen wieder in ihren Käfig gehen. Auch wenn es für Tim immer sehr schwer war, sie während des Fluges allein lassen zu müssen, so hoffte er immer darauf, dass nichts schief ging. Um sich im Flugzeug etwas abzulenken, hörte Tim auf Kopfhörer Weihnachtsmusik, bis er schließlich einschlief.

Gleich nach der Landung in New York, lief Tim so schnell wie möglich zur Gepäckausgabe und er ließ sich den Käfig geben in dem Donna war. Als er mit Donna auf dem Platz vor dem Flughafen ankam, ließ er sie sofort aus ihrem Käfig. Gemeinsam lief Tim mit Donna über den Platz bis zur Straße, wo beide auf ein Taxi warteten. Beim Warten bemerkte Donna, dass die Temperaturen und der Boden unter ihren Tatzen sehr warm waren. »Wow, es müssen über zwanzig Grad sein?«, sagte Donna. »Ja, dieses Jahr ist es in New York wärmer, als es sonst immer in LA war.«, antwortete Tim ihr. »Das ist aber blöd, jetzt bleiben ja keine Spuren von meinen Tatzen im Schnee zurück.«, sagte Donna. Als das Taxi kam, hielt Tim Donna wieder in seinen Armen fest. Endlich kamen sie an dem Hotel an und

Tim räumte im Zimmer sein Gepäck aus. Weil er wegen dem langen Flug sehr müde war, ruhten sich beide erst mal am 23. Dezember 2015, einen Tag lang nur aus.

Am zweiten Tag dem 24. Dezember 2015, war Donna glücklicher als je zuvor in ihrem Katzenleben. Sie freute sich nicht nur auf die vielen Sehenswürdigkeiten, welche sie schon lange Zeit sehr vermisste, sondern sie wollte sich auch gemeinsam mit Tim ein Stück in dem Theater ansehen, in dem sie selbst damals immer Aufführungen hatte. Auch wenn Donna ihr altes Leben für immer verlor, so konnte sie mit der Reise nach New York, für einen Augenblick wieder dorthin zurückblicken. Zum Frühstück entschied sich Tim mit Donna in Manhattan etwas essen zu gehen. Unauffällig setzte sich Donna neben Tim. »Und, wo willst du zuerst hingehen?«, fragte Tim. »Könnten wir uns nachher vielleicht ein Stück in dem Theater ansehen, in dem ich früher immer aufgetreten bin?«, fragte Donna. »Katzen sind im Theater nicht erlaubt. Wie willst du da nur rein kommen?«, fragte Tim. »Das ist kein Problem. Ich kenne alle Hintereingänge.«, sagte Donna. »Muss es denn ein bestimmtes Stück sein, was du sehen willst?«, fragte Tim. »Ach nein, ich will einfach nur mal wieder eine Theateraufführung sehen.«, sagte Donna. Sofort machte sich Tim nach dem Frühstück auf dem Weg in das Theater. Die meisten Aufführungen die dort liefen, waren Weihnachtsstücke. Tim kaufte sich gleich für zwei Aufführungen die hintereinander liefen Karten. Als Tim dabei war seinen Platz zu suchen, hatte er etwas bedenken, ob Donna wirklich durch den Hintereingang so einfach rein käme, aber Donna saß bereits unter einer der Sitzreihen. Als sie Tim sah, setzte sie sich unauffällig auf seinen Schoß. Wenn sonst Donna immer die war, der schnell langweilig wurde, so war heute Tim derjenige der nach über einer Stunde einschlief, im Gegensatz zu Donna die aufmerksamer denn je, die Aufführungen verfolgte die dort stattfanden.

Nach den Aufführungen, war es bereits Nachmittag geworden. Tim stand neben der Eingangstür des Theaters und wartete darauf, dass Donna aus dem Hintereingang zu ihm kam.

Überglücklich kam Donna nach ein paar Minuten auf Tim zu. »War das nicht großartig?«, fragte Donna. »Na ja, etwas lang, aber sonst ganz gut. Wie wäre es, wenn wir jetzt etwas essen gehen, weil ich schon seit über vier Stunden, seit dem die Aufführungen liefen, nichts mehr essen konnte.«, sagte Tim. »Ja, können wir dahinten in das Café gehen, weil ich mich dort früher immer mit meinen Freunden traf und hier Jack kennenlernte.«, schlug Donna vor. Tim willigte schließlich ein, mit Donna in dem Café etwas essen zu gehen.

Im Café angekommen, setzte sich Donna wieder unauffällig neben Tim. »Hier werden Erinnerungen wach. An diesem Tisch hatte mich Jack zu einem Kaffee eingeladen und mir wird erst jetzt richtig bewusst, dass es ein ganz großer Fehler war, ihn ständig ändern zu wollen, nur um es meinen Eltern recht zu machen.«, sagte Donna »Unabhängig von den gesellschaftlichen Unterschieden, wie war so eure Beziehen? Hattet ihr viel Streit oder seid ihr gut miteinander ausgekommen?«, frage Tim. »Das ist es ja, was mich jetzt im Nachhinein so traurig macht. Wir hatten uns in der ganzen Zeit, in der wir zusammen waren nicht einmal gestritten. Wenn das Wetter gut war, sind wir an den Wochenenden auf Land gefahren und haben uns stundenlang in die Kornfelder gelegt und die Ruhe genossen. Aber nach dem Verlust an der Börse, war es einfach nicht mehr das Selbe und wir haben uns entschlossen, die Beziehung zu beenden«, erzählte Donna. »Das tut mir sehr leid für euch.«, antwortete Tim kurz. »Aber jetzt mal ein anderes Thema. Du bist wohl kein großer Fan von Theateraufführungen, weil du überwiegend während der Vorstellungen geschlafen hast?«, fragte Donna. »Wenn ich ehrlich bin, nicht so sehr.«, sagte Tim. »Und warum bist du dann heute mit mir gleich für mehrere Aufführungen dort hingegangen?«, fragte Donna. »Sieh mal, wenn du heute auf der Bühne mitgespielt hättest, dann hätte mich das auch interessiert, aber sonst interessieren mich solche Aufführungen nicht. Doch wenn man mit jemandem befreundet ist, den man sehr mag, dann sollte man auch mal das machen was dem anderen gefällt und nicht immer nur das was einem selbst gefällt.«, sagte Tim. In dem Moment legte Tim seine Hand auf eine von Donnas Pfoten. »Wenn ich einen Wunsch frei hätte, dann würde ich mir wünschen, dass dich Gott endlich von deiner Aufgabe befreit und du in den Himmel kommst.«, sagte Tim. »Schön, dass du das noch sagen kannst, nach dem ganzen Ärger, den du mit mir in den letzten Monaten hattest.«, sagte Donna. »Langsam wird es draußen dunkle. Wo würdest du jetzt gern noch hingehen?«, fragte Tim. »Weiß du, am liebsten würde ich mir gern den großen Weihnachtsbaum beim Rockefellercenter ansehen.«, schlug Donna vor. »Kein Problem, dann gehen wir jetzt erst mal zum Rockefellercenter und danach können wir ja zum Abend essen ausnahmsweise mal in einer Bar etwas trinken gehen! So wie früher in deinem alten Leben.«, erwiderte Tim.

Langsam liefen beide in Richtung Rockefellercenter, wo der große Weihnachtsbaum war. Als Tim nun mit Donna vor dem Weihnachtsbaum stand, wurde New York bereits mit Dunkelheit eingehüllt. Beide liefen bis nahe des Baumes, als Tim vorschlug mit Donna in diesem besonderen Moment zu beten. Nun knieten beide vor dem hell beleuchteten Weihnachtsbaum und sagten leise insgeheim ihre Gebete auf. Auch nach dem Gebet schwiegen sie noch einen Augenblick lang. »Irgendwie schon komisch, dass war mein erstes Gebet.«, sagte Donna. »Und für was hast du in deinem ersten Gebet gebetet?«, fragte Tim. »Zum einen, für all die Menschen die an Weihnachten kein Zuhause haben und zum anderen für dich.«, sagte Donna. »Komisch, ich habe auch für dich gebetet.«, sprach Tim. Und wieder schwiegen beide einen Augenblick lang, bis Donna endlich wieder reden konnte. »Die vielen Lichter sind immer das was mir an Weihnachten am besten gefällt. Aber die Wärme dieses Jahr, macht alles etwas ungewohnt. Wusstest du, dass jedes Jahr die Temperaturen um wenige Grade ansteigen. Weshalb auch die Winter jedes Jahr immer wärmer werden. Es ist schon unheimlich, wenn es im Dezember noch so warm ist. Ich bin wirklich sehr besorgt darüber, wie warm es dann in zehn bis zwanzig Jahren sein wird und es gibt doch nichts schöneres, als einen kalten Winter. Aber leider sind die Menschen weltweit nicht bereit ihr Verhalten umweltfreundlicher zu gestalten, sodass die Erde in ein paar Jahren nicht mehr bewohnbar ist.«, sagte Donna. Tim lächelte nur kurz und sagte: »Wenn du willst, können wir jetzt in einer Bar etwas trinken gehen.«.

Mittlerweile war es schon 21:00 Uhr durch, als beide auf dem Weg zur Bar waren. Nach einer Weile kam Tim mit Donna an einer modernen Bar an. »Was meinst du, warst du schon mal hier?«, fragte Tim. »Ja, es ist sehr schön hier und ich war früher fast wöchentlich in dieser Bar etwas trinken.«, sagte Donna. »Ja, aber was ist mit dir, kann ich dich einfach so mit rein nehmen?«, fragte Tim. »Die sind eigentlich sehr Tierlieb hier. Ein Freund von mir hatte auch mal seinen kleinen Hund mit rein genommen.«, sagte Donna. Tim ging schließlich mit Donna in die Bar. Als er drinnen ankam, fragte Tim die Angestellten, ob er ausnahmsweise mal seine Katze mit rein nehmen könne, weil Tim in New York nur zu Besuch war und er seine Katze ungern im Hotel allein lassen wollte? Die Angestellten in der Bar, erlaubten Tim ausnahmsweise dass Donna mit rein durfte.

Tim setzte sich an den Tresen und Donna setzte sich auf einen Barhocker neben ihn. »Was meinst du, welches Getränk ist hier gut?«, fragte Tim. »Eigentlich ist hier alles gut. Bestell dir doch einen Martini!«, schlug Donna vor. Tim bestellte sich daraufhin zwei Martini, einen für sich selbst und einen für Donna. Als Tim und Donna so an den Tresen saßen und sich unauffällig unterhielten, setzte sich zwei Hocker weiter eine schöne Frau Ende dreißig, an den Tresen. Als Tim sie sah, bemerkte er, dass diese Frau seine frühere Jugendliebe Amy war. »Donna, weißt du wer die Frau dort hinten ist?«, fragte Tim erschrocken. »Keine Ahnung, wer ist sie?«, fragte Donna kurz. »Das ist Amy aus der High-School.«, sagte Tim. »Ja, du hast recht. Worauf wartest du noch. Setz dich zu ihr und sprich sie an!«, sagte Donna.

Tim wollte keine Zeit vergehen lassen und er setzte sich gleich neben sie. »Hallo, kann es sein das wir damals zusammen auf der selben High-School waren?«, fragte Tim. »Ja, bist du nicht Tim aus Seattle?«, fragte sie. »Wow, dass du dich noch an mich erinnerst, hätte ich nicht gedacht. Seit wir damals auf dem Flur ineinander rannten, gehst du mir einfach nicht mehr aus dem Kopf und ich wollte dich seit diesem Tag schon fragen, ob du Interesse hast dich mal mit mir zu treffen.«, erzählte Tim ihr gleich. »Schade, dass du mich vorher nie gefragt hast. Ich wäre gern mit dir ausgegangen, denn ich fand dich wirklich süß, weil du nicht so überheblich und narzisstisch wie die anderen Jungs warst.«, sagte Amy. »Ja, aber wir könnten doch jetzt mal miteinander ausgehen.«, schlug Tim überstürzt vor. »Weißt du, ich würde ja gern mit dir ausgehen, aber ich bin schon seit zehn Jahren verheiratet und habe Kinder.«, sprach Amy zu Tim. »Das ist schon okay, einen Versuch war es mir wert.«, sagte Tim zu Amy. Sie unterhielten sich eine Weile lang und Amy zeigte Tim ihre Fotos von ihren Kindern. Tim erzählte ihr, dass er Anfang diesen Jahres endlich eine höre Position in der Firma bei der er schon seit über vierzehn Jahren arbeitete angeboten bekam und deswegen nach San Francisco zog, wo ihm seine ehemalige Nachbarin ein weißes Kätzchen schenkte, das ihm jetzt etwas die Einsamkeit nahm. Am Ende des Gespräches stand Amy auf und umarmte Tim zum Abschied.

Tim setzte sich danach wieder neben Donna. »Und, wie lief es so mit Amy?«, fragte Donna. »Ich kam wohl zu spät. Denn sie ist bereits verheiratet.«, sagte Tim zu Donna. Tim bezahlte noch schnell die Getränke und ging mit Donna raus. Beide liefen ein paar Häuser weiter, bis sie an einer Kirche ankamen. Donna hielt an und sah Tim traurig in die Augen und sagte: »Weißt du Tim, dass du nach so einer langen Zeit, für einen Menschen immer noch so starke Gefühle haben kannst und es jetzt nach eurem Wiedersehen dennoch nicht geklappt hat, weil sie schon vergeben war, tut mir für dich mehr leid, als alles andere auf der Welt.« Tim hielt in diesem Moment kurz an, sah Donna in die Augen und sagte: »Ja, es ist auf der einen Seite schwer, aber auf der anderen Seite habe ich jetzt meine Gewissheit und fühle mich dadurch erleichtert.« Als Donna daraufhin nach oben sah, merkte sie dass ein heller Lichtstrahl auf sie gerichtet war. »Ich habe dafür gebetet, dass du heute endlich in den Himmel kommst.«, sagte Tim. »Aber ich habe meine Aufgabe noch nicht erfüllt.«, sagte Donna. Anschließend nahm Tim Donna noch mal fest in den Arm. »Doch das hast du!«, sagte Tim. »Mach´s gut Tim.«, sagte Donna noch, bevor ihre Seele komplett von der Erde verschwand.

Schließlich lief Tim wieder mit einer gewöhnlichen weißen Katze, durch die leeren Straßen von New York. Weil Donna ihm nun nicht mehr sagen konnte wie er zurück zum Hotel kommt, suchte Tim verzweifelt nach einem Taxi. Nach einer Weile sah Tim weit hinten am Straßenrand ein Taxi stehen. Schließlich rannte Tim los, um das Taxi noch zu bekommen. Als er unaufmerksam durch die Straße rannte, stieß er mit einer Frau zusammen die ebenfalls das selbe Taxi erreichen wollte. Beide lagen nun auf dem Gehweg. »Es tut mir leid, dass ich sie übersehen habe, aber ich wollte das Taxi nicht verpassen.«, sagte Tim zu ihr. »Macht nichts.«, sagte sie. Beide standen auf und sahen sich einen Augenblick lang in die Augen. »Wollen wir uns das Taxi teilen und danach etwas trinken gehen?«, fragte Tim die Frau. »Ja, warum nicht?«, antwortete sie.

95

Mrs Fisher = amerikanisch für Frau Fischer
Mom = amerikanisch für Mama
Dad = amerikanisch für Papa
Thanksgiving = Erntedankfest
geblufft = etwas sagen und es nicht so meinen
narzisstisch = selbstverliebt